缘来爱情不加V

没有情书的时代，我们@吧！

战神天罡／著

浙江大学出版社

邱宸：死胖子，今晚我被瑾格格翻牌子了。

    袁成刚：恭喜!

邱宸：蛋! 她让我演太监。

    袁成刚：这样啊。兄弟，挥泪忍了。

邱宸：不去?

    袁成刚：废话，当然去，演太监也去。再怎么着，也是格格身边
        的人了。先混个脸儿熟再说。

邱宸：然后呢?

    袁成刚：一步步往上爬啊。

邱宸：爬到最后呢?

    袁成刚：太监总管。

邱宸：妈的，还是太监! 你别告诉我，每一个驸马都是从太监起步的。
她很明显是拿我当手纸用。

    袁成刚：到底怎么个情况?

邱宸：说来话长。

    袁成刚：那就短点。

邱宸：今天早晨，她衣冠不整、神情憔悴地跟我在电梯偶遇，貌似出电梯的时候有落泪哦，看得我心疼心疼的。下电梯的一刹那，她突然问我，晚上有没有时间。

　　袁成刚：信息量太大了！明显不是让你演太监。

邱宸：这位仁兄何以见得啊？

　　袁成刚：废话，她明显是失恋了。兄弟，恭喜你，原来你一直是她的备用品，蓝波图（No.2）。机会来了！

邱宸：我为什么不是蓝波万（No.1）。

　　袁成刚：废话，蓝波万哪轮得到你这种角色，蓝波万必须是高富帅嘛，像我这样的。

邱宸：我不想趁虚而入。

　　袁成刚：一个萝卜一个坑儿，现在你不占，很快就有人占了。日后再说，你懂的。

邱宸：哥不是那样的人。

　　袁成刚：呵呵，对，你不是那样的人，专干那样的事。

目 录

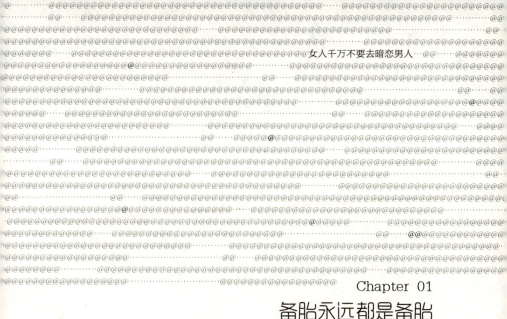

Chapter 01

备胎永远都是备胎

@为你而微：

女人千万不要去暗恋男人。男人若喜欢你，他
会像苍蝇一样粘着你，掸都掸不掉。男人若不
喜欢你，他会拼命逃离。还有些对你若即若离
时有时无的男人，基本上是把你当备胎的。以
上规则男人同样适用。

袁成刚极力怂恿邱宸赴约。

邱宸拿手机当镜子，照了照自己，叹了口气，放下了。

他喝了口水，努力稀释了一下体内的荷尔蒙，觉得足够平静了，才又想了一遍早晨在电梯里发生的事情。

今天早晨，他有些迟到。他依旧乘了三号电梯，准备上16楼。他在电梯里看见夏知瑾从写字楼大堂飞奔而来，逆光的剪影勾勒出夏知瑾修长的身材。

他只是眼角余光微微瞟到，就知道这个人一定是夏知瑾。夏知瑾冲了进来，看都不看他一眼。邱宸当然不会贸然搭讪，他连光明正大地看她一眼的勇气都没有。他从电梯的金属板里看她。

她今天有些憔悴，头发有些凌乱，穿了一件白T恤，一条短裤，几乎素面朝天。当然，最重要的细节是她今天居然穿了一双板儿拖来上班。这对着装要求极严的公关部来讲，就是零分。

她今早一定是有事耽误了。

邱宸从金属板里看着她，这么推测。

她背对着他，一言不发。电梯运行得很快，马上就到16楼公司了。她的任何变化，对邱宸来讲，都值得好好揣测一番。今天绝对是重大变化。

邱宸的推测，在电梯门开启的一刹那，得到了验证。

夏知瑾抢先一步走出电梯，然后突然站住，肩膀耸动了一下。她哭了！

邱宸定在电梯门口。

夏知瑾回过头，两颗豆大的眼泪吧嗒吧嗒滚落下来。她仍旧不看他，说："今晚陪我吃饭吧。"

邱宸的脑袋被电梯夹了一下，过一会儿才回过神来。他呆呆地走向公司设计部。"今晚陪我吃饭吧"，这是明清意淫小说才会有的狗血剧情：大小姐看上了穷书生。

邱宸目光呆滞地盯着电脑屏幕。她很憔悴，她哭了，她起晚了——她失恋了。这就是他的结论。可是，她失恋了，为什么要我跟她吃饭呢？逻辑链到这儿中断了，邱宸怎么想也打不通这个环节的任督二脉。

唯一的解释就是她想临时找个人，当手纸擦眼泪。

我们每个人都是宇宙中的一粒沙子，在不相关的人眼里，可以随时随风飘散，但是在爱的人眼里，就如钻石一般闪光。

邱宸觉得，他就是那粒沙子。在夏知瑾心中，他怎么也变不成那颗钻石。他安慰自己，在她失恋这么重大的人生剧情中，他居然有出场露脸的机会，说明自己在夏知瑾心中还是有一定的位置的。但是，他不是很确定自己将要出场的角色。于是，他在微博上私信了袁成刚。

袁成刚，大部分时候人们称他为袁胖子。他自诩是高富帅，其实是个矮富胖。

邱宸和袁胖子并没有过命的交情。但是，当所有人认为你是一坨屎的时候，即便有人觉得你是一坨泥巴，他也算是你的救命恩人了。袁胖子家里有的是钱，所以能做到视金钱如粪土，愿意跟一个性格闷骚的人交朋友。他心宽体胖，说话幽默，不像邱宸，把所有事都放在心里。

袁胖子一直把邱宸当成朋友。邱宸心中感激，无数次告诉自己，等哪天袁胖子用得上自己，他一定赴汤蹈火。可是认识这么多年，袁胖子从没遇上过棘手的问题。

邱宸觉得自己也可以像其他人一样，做一个放浪形骸、嬉笑怒骂之人，是遇到袁胖子之后。他只有跟袁胖子对话，才会觉得自己足够原生态，口无遮拦。

今天一上班，他就用微博私信了袁胖子，把夏知瑾晚上约他吃饭的事告诉了他。袁胖子当然极力怂恿他，这是他猜得到的。袁胖子使用频率最高的一个词是：日后再说。

邱宸纠结的是，他无法预期今晚会发生什么。

但是，他实在无法拒绝夏知瑾的要求。

邱宸一整天都没心思上班，夏知瑾走出电梯时耸动肩膀抽泣的背影，像是中了病毒的影音片段，不停地自动倒带回播。他从未想象过，一个像夏知瑾这样干净利索的女孩子也会伤心落泪。物以稀为贵，因此，邱宸特别心痛。

中午吃饭的时候，邱宸没有看见夏知瑾。

他本来想问问她晚上去哪吃饭。他甚至想好了要去那家无限装逼浪漫的法国餐厅，点一份牛排，要一杯红酒，桌上点着蜡烛，插着一支玫瑰花。

下午，邱宸在工作上的心不在焉终于有了后果。部门经理把他叫过去，劈头盖脸地骂了一顿："这是你的设计？什么乱七八糟花花绿绿的，你跟变色龙是近亲是吧？"

邱宸在部门挨骂是经常的。部门经理叫陈默，是跟公司老大一起创业的元老，其他几个元老都占据了公司的重要位置，唯独她还只是部门经理。她也就三十几岁，脾气却大得很，像是到了更年期。陈默经常说，邱宸，你就长了一张挨骂的脸。

既然经理都如此不待见邱宸，部门其他同事也就紧跟领导，捎带着给他些白眼。邱宸对此无能为力，他明白，自己的性格就是这样，沉闷，一副等着挨骂的样子。

下午4点50分，夏知瑾通过公司办公管理软件，给邱宸发了一条消息："下班跟我走。"

这条消息带着毋庸置疑的指令性，邱宸想到了女王和皮鞭。可是，他依然感到激动，未知的刺激在等待着他。

5点，邱宸已经站在写字楼大厅门口了。夏知瑾穿着板儿拖，吧嗒吧嗒地一个人走出来。她几乎都没看一眼等在一旁的邱宸，自己出了大厅，招手叫了一部出租车。邱宸讪讪地跟了上去。

"Mythos餐厅。"夏知瑾跟司机说。

邱宸听说过这家餐厅，在浦西老码头，坐地铁从张江高科过去，大概几站路。他下意识地摸了摸钱包，刚发了工资，刷卡没问题，这才暗自舒了口气。第一次吃饭，不能在结账问题上掉了价。他甚至想到了要绅士地给服务生小费，给多少合适呢？

夏知瑾则一路看着窗外，窗外的风把她的头发吹得很凌乱。

邱宸在路上想，如果自己失恋了，是绝不会找一个异性去吃饭的。顶多叫袁胖子出去喝闷酒，甚至更大的可能是一个人闷在家里几天。失恋需要一个人静静地疗伤，而不是找个人倾诉，起码这是邱宸的做法。难过，还是自己一个人品尝比较好，任何出于怜悯的关心都是侮辱。

大概女孩子就是需要倾诉，高兴了要倾诉，失落了也要倾诉。有人失恋了就会和很多人去聊自己的伤心故事，直到连自己都听厌倦了，那就把他也忘记了。

老码头是上海最美的夜景之一。Mythos餐厅，西餐，这让邱宸心里很紧张。他从未去过西餐厅，担心自己出丑，赶紧趁路上掏出手机百度了一下餐厅信息。然后，临阵磨枪地研习了一下西餐吃法、刀叉用法。

进了餐厅，夏知瑾挑了一个安静的角落，坐了下来。

位置不错，可以看到整个餐厅外面的露天位。

夏知瑾点了一份鱿鱼籽配墨鱼汁，一份提拉米苏，一份牛排，一份鹅肝，另加两人份冷饮。

邱宸心想，还好，不用我点餐。

点完餐，夏知瑾看着邱宸，问道："你也不问我为什么跟你吃饭？"

邱宸摇摇头。

"我失恋了。"夏知瑾自嘲地笑了笑。

邱宸点点头。

"你没有问题问我吗？"夏知瑾说。

邱宸摇摇头。

"好，那我们就专心吃饭。"

邱宸容易在人前失语，他极不善于表达和提问。

两个人安静地吃饭，像一对默契的小情侣。其实，邱宸心里觉得场面尴尬得很，只能装作淡定地进餐。

大概晚上7点，外面露天位终于热闹起来，一群年轻人三三两两地到了，看来是包了外场的。服务员忙着布置餐桌和一些鲜花、夜灯等装饰。

夏知瑾看了一眼外面，默默地小口啜着冰淇淋。

晚上7点30分，露天位的包场传来欢乐的喧闹声，与室内的安静形成了对比。夏知瑾放下刀叉，说："等我一下。"

说完，她端起桌上的冰淇淋，走了出去。

夏知瑾出现在露台，原本喧哗的外场突然安静下来。主人公是一对年轻男女，男主角高大帅气，邱宸自惭形秽。

夏知瑾站在那个男人面前，面带微笑。她轻轻举了一下手里的冰淇淋杯："今天是你订婚的好日子，恭喜你！"

那个男人的表情很尴尬，但马上挤出一丝笑容："谢谢！"

"不客气！"夏知瑾依然淡定地保持礼貌，杯子里的冰淇淋却突然甩了出去，糊了男人一脸。

"你去死吧！"夏知瑾终于控制不住了，眼泪吧嗒吧嗒地就掉了下来。

周围的朋友呆若木鸡，不知该如何收场。男人倒是很淡定，他擦了一把脸，依然很有风度地说："夏知瑾，你输不起啊？"

"我就是输不起！"夏知瑾已经控制不了自己的情绪，一副抓狂挠墙的样子。她对面的男人依然处变不惊。

夏知瑾神情落魄地转身离开外场，回到室内的座位上，已是满脸泪痕。她无力地跟邱宸说："我们走吧。"

邱宸结了账，还好花得不是很多。他心头暗自庆幸，默默地跟她出了餐厅。

婚姻是爱情的坟墓，但坟墓好歹也算是个归宿；没有婚姻连个坟墓都没有，就是死无葬身之地。

外滩的夜色很美，但今天注定不属于夏知瑾。

夏知瑾的肩膀拢成一团，抱膝坐在江边。

邱宸看着她，不知该如何劝慰。

"我就是喜欢他无视一切的死样子！"夏知瑾抽泣着说。

邱宸默默地递来了一张纸巾。他永远做不到这一点，他无法睥睨任何人。原来夏知瑾喜欢这样的大男人。凭心而论，那个男人真的很优秀。这是邱宸的内心感受。否则，也不会让那么高傲的夏知瑾为之抓狂。

邱宸能为她做什么呢？他突然有些厌恶自己。他很想抱抱她，给她一些安慰，可是他永远不是一个大开大合的潇洒男人。想抱抱她的念头在脑子里转了无数圈，终于被夏知瑾长长的故事中断了，好男人的邪恶总是在关键时刻疲软。

两人在江边坐了许久，夏知瑾跟邱宸说："我已经跟公司申请了，下周去甘肃。"

"捐建小学的事？"

"嗯。今年公司计划在甘肃建五所学校，前期的考察、学校的选址，都要有人去盯着。"

"去外地散散心也好。"

邱宸很想说跟她一起去，可是他去不了。独立的女人在心情不好的时候第一选择就是远走高飞，男人都没有了，自由总还是有的吧。但是那是公司公关部的事情，他只是设计部的一个视觉设计师。公关部除了危机公关，还有一项工作是形象公关。做公益，是最好的形象公关了。

邱宸认识秦小曼，是在夏知瑾动身去甘肃的前一天。

这个女人，是夏知瑾的闺蜜。

夏知瑾在公司OA上给邱宸发了一条消息："我后天去甘肃，今晚给我送行吧！那天真不好意思，让你给我当手纸。"

邱宸就是在这次见面的时候，认识秦小曼的。

三人先是在"酒吞"吃日本料理。邱宸以为这次是夏知瑾临走前给自己的一次单独约会的机会，所以当在酒吞看见秦小曼时，他很失望。

秦小曼大概二十八九岁，跟夏知瑾完全是两种女人。秦小曼气质高贵，一身名牌，迎面而来的是浓浓的香水味；夏知瑾则简单干净，不施粉黛，宛若出水芙蓉。

这次见面，邱宸比上一次放开了许多，甚至可以讲一两个小笑话。秦小曼阅人无数，对邱宸这样的普通职员的印象很一般，很一般就是基本没印象。秦小曼毫不避讳自己对男人的标准，她说，我将来的男人不一定高大帅气，不一定有钱，但一定要有思想、有坚持、有理想。

在酒吞吃料理的时候，夏知瑾还拿前几天的糗事说笑，揶揄自己的失态。

"看着他淡定自若的臭样儿，我实在无法控制自己泼他一脸冰淇淋的冲动，哈哈。"

"泼得好！换我，我也泼。不过话说回来，他还真是个男人，爱就爱了，不爱就不爱了。"秦小曼跟那个男人很熟悉。

"那是，一般男人哪能入我法眼。不过，还真得谢谢邱宸你这块木头，陪我一起失恋。"夏知瑾虽然决定放弃那个男人，但她还是喜欢这类男人。两个人相爱，最悲剧的是，一方已经心有旁鹜，另一方却依然执着坚持。就好像做生意，对方千方百计试图悔约，合同早已经形同虚设，你却还一厢情愿。夏知瑾就是那个贪恋着这份合同的人。

邱宸笑笑不语。

秦小曼呵呵笑道："你这个同事还真可以，下次我失恋也借来用用。"

吃完料理，三人去了酒吧。

夏知瑾和秦小曼喝得酩酊大醉，两人抱头痛哭，为了即将的离别，也为了失恋。

"我忘不了他！呜呜……"

"我知道，我知道。"

"他怎么那么狠心，说不要我就不要了？"

"不要就不要吧，好男人多得是。"

……

邱宸清醒着呢。

夏知瑾和秦小曼醉得不省人事，跟跟跄跄地走出酒吧时，已经凌晨2点多了。

秦小曼挥了挥手，含含糊糊地说："你们……都回去，我……我只要一个电话，就……就有人来接。"

此言不虚，秦小曼随意拨通了一个电话，几分钟后，一部奥迪Q7就过来了。

邱宸紧紧跟在夏知瑾身后，不敢动手扶她，却怕她摔倒。

夏知瑾迷离着双眼，说："我……我回家……地址……"

邱宸伸手拦了一部出租车，另一只手搂住了夏知瑾的腰。她已经完全站不住了，迷迷糊糊地走在邱宸身边。夏知瑾身上淡淡的香气和浓郁的酒气，让邱宸错乱并清醒着。

邱宸回到自己的住处，扶夏知瑾上楼。夏知瑾的细腰扭动着，邱宸的手能感觉到。手的上面就是高耸的隆起，邱宸咽了一口唾沫，手却停留在原处一动没动。

邱宸一只手掏出钥匙，拧开门锁。

夏知瑾如同一堆泥，他必须横搂着才能把她拽进卧室。被扯起的T恤下面露出一段雪白的腰肢，夏知瑾因呼吸急促而胸脯上下起伏，这让邱宸心跳加速。他轻轻地把她放在床上，她的整个身体展现给邱宸，修长的双腿，纤细的腰肢，高耸的胸脯，隽秀的脸庞，发质极好的一缕缕青丝。

邱宸坐在地板上，看着眼前这个朝思暮想的女孩。他的手不由自主地伸向了她的胳膊，然后沿着胳膊向上，向上……他不停地咽着唾沫，手微微发抖，小腹间升起一阵酥麻。

他的手蔓延到了夏知瑾的脖颈，T恤的圆领下面隐藏着无尽的诱惑，驱使邱宸想伸进去一探究竟。他渴望这么做，他想，就摸一下，就一下。

此时，夏知瑾悲伤地喘了一口粗气，紧接着，大颗大颗的眼泪顺着脸颊滚落下来。

这眼泪，阻止了邱宸。

他轻轻地抬起手，替她擦去脸上的泪珠，温柔地抚摸了她的额头，轻声说："睡吧，我不打扰你。"

情欲终于被心疼占据，邱宸恢复了冷静。一个男人看见真正喜欢的女孩子，脑子里绝对不会只有"上床"两个字。他想好好爱她，给她幸福，给她最安稳、最坚强的怀抱。

他脱掉夏知瑾的鞋子，把她的双脚轻轻摆正到床上。他取了一条薄薄的毛毯，盖在夏知瑾的小肚子上，避免受凉。夏知瑾含糊地呜咽着，睡了过去。

邱宸就坐在床边，生怕她乱动。

4点多钟的时候，夏知瑾翻了一个身，手机从短裤的裤兜里挤落下来，摔到了地板上。邱宸捡起手机，扫了一眼，屏幕主页是夏知瑾的微博首页。

他看见了四个字：盛夏之瑾。

这四个字，从这一刻起，就融进了他的血液。

邱宸坐在地板上，毫无睡意。此刻躺在自己床上伤心欲绝沉沉睡去的夏知瑾，从他认识的第一天起，就已注定让他纠结。套用《霸王别姬》里那句台词——不疯魔，不成活。

邱宸在大学学的是视觉设计，现在跟夏知瑾在同一家公司——热麦（hot-business）电子商务公司，一家国内排名前五的购物网站。他毕业的那年，国内几家电子商务尤其是B2C（商对客）网站激战正酣，热麦刚刚拿到一家世界级商业公司的巨额投资，因此四处招兵买马。他正是此时进入了热麦，成为公司一名视觉设计师。

热麦的面试题出了名的变态，邱宸很清楚地记得他应聘视觉设计师这个岗位的时候，里面有这样一道题目：如果你是一名卖大白菜的小贩，如何迅速吸引早市上的大爷大妈？

邱宸来面试前，做了很细致的功课。电商网站视觉设计师，工作内容就是调整网站的视觉格局，在最短的时间内抓住买家眼球。网站主风格的色彩设计、营销推广、店铺编排等，他都有预先想到，此刻这个问题让他抓狂。现在想来，这其实是一道如何帮助店铺在网站进行视觉营销的题目。

当天面试完，出了公司总部大楼，邱宸就觉得面试没戏了。他把这个变态问题发到自己的微博上，想看看其他人都是怎么回答的。结果答案五花八门，无甚可取之处，多是调侃之作。

他当时如何回答的，他已经忘记了。但是这道题目他记住了，后来才知道热麦所有稀奇古怪的问题都出自老板郭向平之手。邱宸进公司一个月后，部门经理陈默觉得他不够潮，无法敏感地把握买家心理，便向公司提出另招聘一名设计师。

那个代替他的女孩，就是夏知瑾。据说，她的答案是：白菜根上一定要带着新鲜的泥。

邱宸的第一份工作将被这个从未谋面的陌生女孩谋杀。他在微博上

发了一条消息：黄承彦家的丑女儿，是怎么博得诸葛亮欢心的呢？@袁胖子

袁胖子回答：活儿好呗。

活儿好！邱宸觉得很有道理，长得丑，身材差，活儿再不好，那就无解。死胖子有时候也讲些很有道理的话。此时，邱宸的微博还叫@邱比特宸。

转机出现在这女孩上班的第一天早上。上午开完部门晨会后，部门经理突然接到总经办秘书的电话，说老板郭向平钦点夏知瑾到公关部上班。邱宸获得了一个月的喘息机会。

邱宸突然兴致勃发，在微博上写道：飒飒西风满院栽，蕊寒香冷蝶难来。他年我若为青帝，哼哼！

袁胖子向来是不惮以最坏的恶意攻击别人的，他改补了这句诗的最后一句：爆你菊花一处开。

邱宸无视袁胖子这条微博。

袁胖子此时正无聊，他老爸给他安排了一个盛大的社交聚会——去长江商学院读MBA。坊间流传着这么一句话：你每多认识一个长江商学院的学员，你的人生资本就追加1000万。看看那些疯狂的资本游戏，就明白此言不虚。

袁胖子可没那么多闲情逸致去领会老爸的旨意——结交商学院的名流。此时，他正呆坐在圆桌课堂一角，无聊地发微博。他@了邱比特宸，发了黄巢另一首诗：待到秋来九月八，我花开后百花杀。冲天香阵透长安，满城尽带黄金甲。

邱宸回复：这首诗杀伐气太重，可见黄巢不是什么好鸟。这厮一把火烧了唐王朝，罪孽与天齐。

这个叫夏知瑾的女孩，邱宸也是在晨会上刚刚见过一面。素面朝天，穿一件雪白T恤，深蓝色牛仔裤，简单到无以复加，干净利落。邱宸无法关注到她更多细节，她是来取代他的。

过了几天，公司内部传出消息，有关这个叫夏知瑾的女孩去公关部的原因。夏知瑾上班的第一天，在坐电梯上楼的时候，突然，电梯出现了故障，停在12楼不动了。女孩恰好靠近电梯操作板，她马上按了报警器，并按下了所有楼层的按钮，然后很镇静地说了一句话："大家靠边半蹲，扶好扶手！"

整个过程，短短十几秒的时间，她足够镇定从容，做完了所有应急措施。

当天，恰好热麦老板郭向平也在那部电梯上。这就是她被调去公关部的理由。

其实，郭向平不知道那天夏知瑾还做了一件事，她马上通过微博搜索附近的人，然后@所有人，发了一条求救信息：太平洋中心A座三号电梯故障，数人被困，请速转发。

命运是种必然，一种与性格密切相关的必然。这是邱宸的结论，他深信不疑。

部门经理陈默看邱宸不爽，这太正常了，他至今并没展现出与他的普通外表截然不同的特质，来攫取这位咆哮女上司的欢心。但是，他发誓，一定要让部门同事见识一下他的"活儿"。

机会出现在邱宸入职半年后。热麦的服装销售，一直远远落后于国内另一家电商平台。这令郭向平很是挠头，他调动了公司若干部门，想把这块短板补起来。每个部门经理都领到了任务。

邱宸在晨会上提出了自己的计划：选择某一单类服装，做一个专季。

陈默歪头看着邱宸："专季？什么专季？"

邱宸挠挠头，说："比如，做一季帆布鞋专卖？"

陈默反问："帆布鞋？开什么玩笑，那么小众的一个品类，怎么能撬动整个服装板块？"

邱宸的这个提议作为部门备选方案，报给了公司。两个月后，热麦因为帆布鞋这个专季，在电商平台上大火了一把，令郭向平十分满意。

邱宸因此拿到了8000元的董事长奖励基金。

邱宸小得意地在微博上发了一条：给我一个支点，我能撬起整个地球仪。

一双帆布鞋，带火了热麦的服装板块，这是谁也没想到的。

夏知瑾毫不避讳对他这个创意的欣赏。在一次公司聚餐会上，夏知瑾坐在邱宸身边，自我介绍说："我是公关部的夏知瑾。"

"我知道。"

"你当然应该知道，要不是我被调去了公关部，坐在你这个位置上的应该是我。"

邱宸尴尬地笑了笑。他不喜欢锋芒毕露的人，而这个女孩恰恰就是。这样的人不会顾及别人的内心感受，而邱宸是一个不善于用多变的外表掩饰内心的人。

夏知瑾却笑嘻嘻地说："你那个帆布鞋的创意真是令人叫绝。怎么想出来的？"

突如其来的赞誉让邱宸感觉冰火相激，他只能用德云社前非著名相声演员李菁的一句话形容——太他妈刺激了。

"你这个人太闷了。不过上帝很公平的，他给你关闭一扇窗的时候，一定也给你打开了一扇门。闷骚的男人，往往诡计多端。来，喝一杯。"夏知瑾嘻嘻笑着。

邱宸无所适从，他对这样的女孩毫无应对之策。

"你脸红什么？放心吧，你不是姐的菜。重复一次，你那个创意真的很好。为这个喝一杯吧。"

邱宸留在了热麦。可是，这并不代表他就从此在公司顺风顺水了。他依然不受陈默重视，依然是一个不潮不"in"的大众男。他从不跟同事交流，同事也就懒得搭理他，甚至在小范围聚会时会故意撇他，因为他实在太无趣了，无趣得有些猥琐，像一个受了惊吓的小人。在来来往往的办公室里，没有人会注意到这个默默无闻、整天埋头对着电脑的年轻人。公司里优秀的定义就是老板喜欢的、老板看中的，而邱宸几乎不会有任何机会在老板面前表现自己。

他喜欢花花草草胜过同类。读幼儿园时，老师要求每个小朋友学一个故事，讲给其他小朋友听，他一个人跑到花坛，讲给那里的茉莉听，讲给月季听。

他对自然的变换敏感，他懂得一叶知秋，懂得秋霜白露，懂得春花，懂得夏雨。

他喜欢编故事给自己听，逗自己开心。他有无穷无尽的幻想，常常令自己乐此不疲。自从有了微博，他便爱上了这个地方。他在微博上自言自语，不顾旁人。他从不关心自己的粉丝数，也不回复粉丝的转发。他只想取悦自己。

微博很适合邱宸。短短的140个字，在手机上滑几下就能写一条段子，工作时候开个小差，吃饭时间发会呆，一条微博就写好了。有人说，现在上微博用的都是碎片时间，中国人太无聊了，有大把的碎片时间来玩微博。发泄自己的情绪，或者被别人关注，或者偷窥别人，微博都是一个极好的选择。人生嘛，就是在微博上笑笑别人，同时被别人在微博上笑笑。

虽然在同一家公司，但是邱宸和夏知瑾平常接触得并不多，工作上没有太多的交集。可是，这个女孩对自己的本专业一直念念不忘，时不时地跑到设计部，羡慕地看看一些设计方案。

来的次数多了，邱宸跟她就慢慢熟悉了。她还真是一个热心的女孩子，关心所有人，关心所有事。她恬淡干净，素面朝天，十分利索。邱宸心里对她渐渐有了好感。

再次跟夏知瑾正面接触，是植树节。公关部借着三月植树节，做了一个公益活动，展示热麦热心公益的外在形象。邱宸对此类表面工程不是很有兴趣，他讨厌作秀。

公司挑选了最好的位置——浦东机场到陆家嘴沿路的一片山坡地带。

据公关部的设想，这片树林将被命名为"热麦公益林"，还要树一个硕大的牌子，提醒往来的所有人，这片树林是热麦在公益方面的面子工程，我们是关心公益事业的。邱宸就是这么恶意揣测的。

公关部开通了@热麦官方微博，由夏知瑾负责。这次公益植树活动，将在微博上全程直播。

植树那天，郭向平要求所有总部员工都要参与，因为报社和电视台要采访。邱宸也去了。夏知瑾在种树时，把他气了个半死。公司的两个年轻人把树抬到树坑里，夏知瑾热情饱满地铲一锹土，浇一次水，铲一锹土，浇一次水。邱宸实在看不过，接过夏知瑾的铁锹，说："你是在植树，还是在和泥？这么个种法，树能活才怪。"

夏知瑾乖乖地站在一边，看着邱宸手脚麻利地把那棵树栽到树坑里，培上土，然后一次浇透。他拍拍手，跟夏知瑾说："树，也要呼吸的。"

说完，邱宸袖手离这片名利场远远的，好像生怕不小心上了电视。

中午吃饭的时候，夏知瑾主动靠了过来，拿了一堆食物给邱宸。

"你是个怪人哎。"夏知瑾说。

邱宸不说话，心说，哪个天才不是怪人疯子呢。

"你是个自私的人。不要整天一副全世界都欠你钱的样子，好不好？"夏知瑾又说。

邱宸说："自私总比假惺惺的作秀要好。"

"谁作秀了？"

"这个活动就是公司的一个秀。"

"好吧，即便是个秀，也是个好秀。"

"如果真关心中国的水土流失，应该去黄土高原，去黄河两边种树，而不是在繁华的大街上。"

"嘿，看不出来，闷骚的青年邱宸还是个愤青。"

"我只是不喜欢虚假。"

"虚假？总比那些只顾闷头赚钱，一棵树也不种的公司要好吧。你看咱官方微博上，网友反应很热烈。"夏知瑾递过iPad，给邱宸看。

邱宸不看："据我昨天下午接到的公司通知，每个员工都要注册一个微博，积极评论公司这次活动。"

"那不是为了宣传嘛！"

"是啊，种了几棵树不要紧，要紧的是必须让所有人都知道热麦在做公益。如果你以为这次公益有成效，还是等明年再过来看看咱们种的树，到底活了几棵。"

邱宸也不明白自己为什么突然爆发，揶揄起这次公关部的活动。他才不会响应公司号召，去官方微博假装热情高涨地评论呢。都是自己人假唱，这个官方微博有啥意义呢？

夏知瑾坐在一旁，也不反驳他："那你说，公益应该怎么做？"

"去大西北种树，去贫困山区建学校，不行么？"

这次种树之后，夏知瑾不但没生气，反而跟邱宸的距离越来越近了。邱宸的心里慢慢对这个女孩子产生了好感。她是怎样一个女孩子呢？

外表干净，性格干脆，做事干练，当然长得也非常漂亮，一种不施粉黛的漂亮。

袁胖子问起她长什么样的时候，邱宸如是回答。

袁胖子笑道，你内心真邪恶，连用了三个"干"。

邱宸觉得自己配不上她。在他心目中，她近乎完美，身材高挑，容貌古典，就是邱宸从小喜欢的画报上的那种；气质优雅，一看就是受过良好教育的；最关键的是聪明伶俐，邱宸说半句，她就懂了。这样的女孩子太优秀，邱宸只能仰望。

袁胖子在微博上又引经据典，劝慰邱宸：好汉无好妻，癞汉攀花枝，兄弟，凭你的长相，应该可以追得到她。

经过袁胖子三番五次的挑逗，邱宸居然也偶尔会在给自己讲故事的时候，把女主角想象成夏知瑾。他想象着自己有一天出人头地，如何如何……时间久了，邱宸的眼光和心思就真的放在这个女孩子身上了。

他决定要做一件事。

他知道这件事可能会令他失去工作，可是他已经决定了。他决定了的事很难改变。

他决定在公司的平台上开一家网店。这显然违反了公司职工不得开网店的规定。网店卖什么，他已经想好了——帆布鞋。

他把这个想法告诉了袁胖子。袁胖子一口答应："开吧。"他甚至没问邱宸开这个店要多少钱。

"我钱不够。"

"我有啊。"

就是这么简单的事情。袁胖子不喜欢复杂，否则他也不会吃那么胖。

开网店的事情就这么决定了。袁胖子是合伙人，大部分钱都是袁胖子出的，但是他只拿了50%的股份。袁胖子说："赚了我们对半分。"他没说赔了怎么办。邱宸明白，如果赔了，袁胖子是决不会让他承担一半的，这就是袁胖子为人的仗义之处。注册网店时用的资料也都是袁胖子的。

店铺开业一个月后，邱宸打电话给袁胖子，说起帆布鞋的销售情况。

袁胖子听了，嘿嘿一笑说："我们来早了。"

店铺开张一个月，只卖出了七双。

想了很久，他别无选择，只能每天拼命在自己的微博上发布新款帆布鞋的图片和店铺推介。一段时间过去，收效甚微，他的@邱比特宸账号粉丝只有几百，不足以形成市场效应。

邱宸心急火燎。

他放下姿态，每天厚着脸皮@很多微博大V，比如@杜子建，比如@李开复。他试图通过这些人的关注或者转发，获得人气，但收效依旧甚微，大部分人对这种压迫式营销都很反感。

怎么才能依傍这些大V，以引起他们的关注呢？

邱宸横下一条心，继续降低自己的心理底线，每天转发热门评论话题，在大V的微博话题后面试图加一下自己觉得有趣的评论，以引起大V粉丝的关注。

这条路是没错的，只是自己这个微博账号太过渺小，不足以在硕大的海平面上激起涟漪。

一位大V收到他的@后，并没有转发，而是给他回了一条私信："抱歉，我不会给你做免费的转发推介。想要得到买家关注，你得自己想办法。"

那个时候，他还没意识到微博事件和微博话题的威力。大多数年轻人不甘心在公司里打工蹉跎岁月，最低成本的创业只有两条路，网店或者股票。开网店，流量很少，进货很难，每天没有业余生活，慢慢地人们就失去了信心。

他的微博营销行为仅限于此。

因此，他的"变色龙帆布鞋"店铺始终没有绽放出斑斓的色彩。

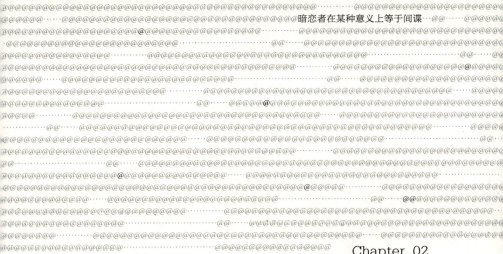

Chapter 02

微博时代的新暗恋方式

@为你而微:

暗恋者在某种意义上等于间谍。微博是个暗恋
的好地方。从来不关注她，却在早上醒来，偷
偷看她有没有更新。上班时间，浑水摸鱼刷几
条情书。晚上夜深，仔细研究她每条微博的背
后深意。暗恋者仿佛一个隐藏很深的间谍，妄
图窃取对方的"情"报。

早晨6点，邱宸洗漱完毕，换了一身衣服，下楼买早餐。

他买了豆浆、甜沫、稀饭，又买了油条、茶叶蛋、绿豆糕、麻团，总有一样应该是她喜欢吃的吧。

他提着一堆东西上楼。

夏知瑾已经起来了，正站在自己的书橱前，随意翻看着里面的书。见他回来，夏知瑾瞪着他，眼睛里在寻找答案。

"你……我……"邱宸语塞了。

"你有没有……"夏知瑾把T恤下意识地拽了一下。

"没没……你和秦小曼都喝醉了，我不知道你住哪，就……"

邱宸憋红了脸，想起了昨晚夏知瑾妩媚诱惑的身体，语无伦次地解释着。

"谅你也不敢……"夏知瑾自欺欺人地替自己证明清白。

凭夏知瑾对邱宸的了解，他应该不会。邱宸下楼后不久，她就醒了。醒来第一眼就看到了放在床头的相框，相片是今年植树节的一张合影，她马上明白这是邱宸的住处。她想起了昨晚自己跟秦小曼和邱宸在一起的。

夏知瑾冲进洗手间，关上门，解开内衣，褪下内裤，看到贴身衣物在自己身体上的印痕，心里稍稍放心。然后洗了一把脸，梳了梳头发。

她定下心神，打量了一番邱宸的住所。另一个卧室里堆满了鞋盒子，全部是帆布鞋。她发现了邱宸的一个秘密。

她回到主卧室，站在书橱前。

夏知瑾想起微博上的一句话：一个人书橱里有什么货，那么他肚子里就有什么货。一个人关注什么样的人，那些人就是他的未来。

邱宸的书橱里，书塞得满满的。品类很杂，但是有几套书还是很成规模，其中有金庸全系列、米兰·昆德拉全系列，还有索尔仁尼琴全系列。

如果这张书橱的主人是个陌生人，她会给他下这样的判断：一个爱幻想的人，一个爱思考的人。

"你很有格调啊，居然有米兰·昆德拉全系列。"夏知瑾转移了刚才的话题。

"瞎看的。"邱宸像是被人发现了隐私。

夏知瑾不准备再纠结这些问题，她想离开这里，她待在这里太突兀了。于是，她说："哇，买了这么多，你喂猪啊？"

"我也不知道你喜欢吃什么早餐，就多买了几样。"

"油条，豆浆。"

夏知瑾呼噜呼噜吃完："清醒了，上班去。昨晚的事，哼哼，你懂的。"

说完，她冲邱宸做了一个抹脖子的手势。

邱宸点点头。

无论如何，邱宸心里是甜蜜的。

他是夏知瑾心里蓝波万后面的那个蓝波图。夏知瑾走后，他不舍得整理掉她留在床上的压痕，匆匆吃了两口，也上班去了。

坐在办公桌前，邱宸哪有一丝心思上班。他登录了微博主页面，搜索@盛夏之瑾，这个微博是不久前才注册的，关注1、粉丝1、微博29。

她关注的那个人和关注她的那个人，是同一个，微博是@小慢。

邱宸马上明白，这个人就是秦小曼。

邱宸把页面拉到夏知瑾的第一条微博，他的手有些抖，他在窥探一个女孩子的隐私。

第一条微博居然是关于邱宸的，这令他受宠若惊。

@盛夏之瑾（2010-03-12　22:04）：木头兄今天发飙，把老娘辛辛苦苦搞的一次公益植树活动批得体无完肤。@小慢

@小慢：呵呵，木头兄何许人也，扁他。

@盛夏之瑾：一闷骚男，就是我跟你说的那个。不过，他说的很有道理，与其在上海马路上植树，不如去西北做点事。

@小慢：嘘，别忘了你注册这个微博的目的。

目的？夏知瑾注册这个微博有什么目的？难道是……邱宸马上否定了自己。她怎么可能暗恋自己呢。

第二条微博姗姗来迟，是4月份的事了。

@盛夏之瑾（2010-04-05　11:36）：他没回老家上坟。@小慢

@小慢：这厮！去了哪里？

@盛夏之瑾：苏州。

邱宸抬头想了想自己清明节那天在哪，那天他去了昆山一工厂，他想从这个厂进帆布鞋。当时，他刚刚有开网店的想法。昆山属于苏州。

第三条微博是4月底。

@盛夏之瑾（2010-04-28　23:14）：人赃俱获，而且是在他家里。@小慢

@小慢：你想怎么办？

@盛夏之瑾：我不知道。曼姐，我现在在酒吞，让我撑死算了！

@小慢：我马上过去。

4月底，邱宸从昆山那家工厂进了第一批货。他租不起仓库，只能满满当当地堆在自己的住处。第一批货，虽然不多，却也挤占了大部分

的积蓄和空间。

第四条微博是五一小长假。

@盛夏之瑾（2010-05-02　10:45）：看来他并不打算让我知道。@小慢

@小慢：挑明了吧，别再跟他捉迷藏了！

@盛夏之瑾：挑明了，我们就彻底玩儿完了。我了解他。

@小慢：一个喜欢背地里干事的货，有什么恋恋不舍的？

邱宸的变色龙帆布鞋店，偷偷摸摸地在热麦网站开张了。他不能让任何人知道，否则，他就等着卷铺盖从热麦滚蛋吧。

第五条微博。

@盛夏之瑾（2010-05-18　21:44）：看来他并不是玩玩而已，他认真了。@小慢

@小慢：这年头，谁不认真？你也真忍得住，这不是你的性格。

@盛夏之瑾：我……

@小慢：换作我，把他那一摊一脚踢飞，大家谁也别想好。为了这个怂货，你隐忍这么久，值得么？

@盛夏之瑾：再给他几天时间，他会明白什么才是最重要的……

邱宸开店当然不是只想玩玩，他要用这个店赢得自己的事业和爱情，证明自己不是怂货，自己是有想法、有前途的好青年。

邱宸每看一条微博，都不由自主地想当时自己在做什么、想什么。他当然知道，夏知瑾微博里的那个人不是他。

第六条微博，晴天霹雳。

@盛夏之瑾（2010-06-01　11:23）：今天是儿童节，不是愚人节！！！他打电话告诉我，他要订婚了，他要订婚了！！！未婚妻不是我！！！@小慢

@小慢：我早就告诉过你，男人来不得半点纵容。你呀，活该！下班来我这里吧，别到处乱跑。

@盛夏之瑾：我现在就去！

儿童节那天中午，邱宸记得很清楚，他下楼去总部餐厅吃饭，正好碰见夏知瑾疯也似的冲出总部。他当时并没有特别在意，她经常风风火火的。

第二天早上，他就在电梯里遇见了蓬头垢面的夏知瑾，约他晚上去吃饭。

第七条微博是夏知瑾泼了前男友一脸冰淇淋的当天晚上。

@盛夏之瑾（2010-06-02 23:59）：我怎么这么贱，明明你已经不爱我了，我还是控制不住要去你订婚的酒店，眼睁睁地看着你被另一个女人领走。我到底哪里做错了，你为什么不喜欢我了？我还是喜欢你，爱你！我闭上眼，数到十，像从前一样，你回来好不好？

@盛夏之瑾：十

@盛夏之瑾：九

@盛夏之瑾：八

@盛夏之瑾：七

……

@小慢：别作践自己了，臭男人，走了就走了，有什么稀罕的。

邱宸看着@盛夏之瑾的微博，鼠标不由地要点击她头像旁边的"+关注"。犹豫了好久，他仍旧没有勇气关注她。这一天，邱宸不知点击了多少次夏知瑾的主页。

邱宸退出@邱比特宸的微博账号，重新注册了一个微博，名字叫@为你而微。

他假装关注了很多人，然后不经意地关注了@小慢。

从今天起，他的这个账号，将专门为夏知瑾而写，虽然她永远不会知道有一个叫@为你而微的账号每天都会默默关注她的一点一滴。

自从上次植树活动结束，夏知瑾一直在考虑热麦公益活动的内容。

邱宸的提议让她有了开阔的思路，与其在大都市装装样子，种几棵树，真不如去大西北实实在在地关心一下那里的孩子、那里的水土和自然环境。

夏知瑾向公司提交了年度公益形象计划，很快获得了批准，只是暂时没有合适的人选前去与受资方洽谈。夏知瑾的感情挫折给了她足够的理由离开上海，去甘肃陇南待一段时间。郭向平根本不打算让这位得力干将离开总部，只是夏知瑾一再要求，郭向平狐疑地问夏知瑾是不是遇到了什么事。

夏知瑾如实告诉了他，说自己想借这个机会远离上海，好好调整一下，但同时保证这绝不会影响工作。

郭向平闻知此事，这才勉强答应下来，并告诉夏知瑾，如果想多放松一段日子，这次出差结束后，仍旧可以多享受十五天的假期。

董事长额外的关照令夏知瑾十分感激。

动身前的晚上，邱宸第一次约女孩子吃饭。

夏知瑾很痛快地答应了，并叫了秦小曼一起。邱宸明白，秦小曼是夏知瑾借以向自己表明感情立场的棋子。

邱宸只能装作很大度地欢迎秦小曼的加入，而且破天荒地开起了玩笑："我单独约你，不代表我想追你。我只想给你送行而已，用不着这么多护驾的。"

秦小曼和夏知瑾呵呵笑："彪悍的人生不需要解释。"

席间，邱宸很认真地跟夏知瑾说："陇南不毛之地，有什么事情自己多照顾自己，要让我们随时知道你的情况。"

夏知瑾说："又不是去穿越无人区，那边都联系好了，会有接待。有事我会跟小曼姐说的。"

说完，夏知瑾和秦小曼心照不宣地相视一笑。

邱宸假装不知道她们启用了新的微博账号联系，傻傻地跟着笑了笑。

夏知瑾跟秦小曼说："小曼姐，你别看我们叫他木头，你知道他读什么书吗？"

秦小曼歪头看着夏知瑾："你怎么知道他读什么书？"

夏知瑾自知不小心说漏了嘴，看了邱宸一眼："他跟我说的啊，对吧？"

邱宸点点头。

秦小曼没有深究，对邱宸的阅读爱好很感兴趣："他读什么书？"

夏知瑾舒了一口气："说出来吓你一跳。他读米兰·昆德拉，读索尔仁尼琴。"

"哦买糕的（My God）！超乎想象！"秦小曼显然很吃惊。

邱宸尽量不开口，以免像夏知瑾刚才一样，不小心说出自己知道她们两个的微博秘密。

这次送行，基本确定夏知瑾把自己跟秦小曼都视为朋友，这是个好的开始。邱宸其实极其不想如袁胖子所说"日"后再说那种感情。他宁肯文火慢炖。

邱宸的心情极好，以至于变色龙帆布鞋卖得不好他都不怎么在乎了。

可是，夏知瑾走的第一天，他就开始想她了。他不停地掏出手机，刷新微博，看看她和秦小曼有没有互动。他的新微博@为你而微关注了@小慢，@小慢关注了@盛夏之瑾。他通过秦小曼完成了对夏知瑾的关注。

夏知瑾坐火车去陇南，或许此时她正在路上，她困了，正迷糊着睡觉呢。

快到下班的时候，夏知瑾终于发了一条微博。

@盛夏之瑾：安达，勿念。正赶往陇南文县的路上。@小慢

@小慢：水真清澈啊。

夏知瑾发的微博后面附了一张在去文县路上的照片，身边就是碧蓝清澈的湖区，六月的草木葱茏嫩绿。

得知她平安到达，邱宸就放心了。

他还是给她发了一条手机短消息：到哪了？

夏知瑾很快就回了一条：赶往文县的路上呢，可惜不能给你发彩

信。空气真好，水真清澈。

他和夏知瑾，经过这几天一来二去，迅速熟悉起来。他也可以心安理得地对她嘘寒问暖了。

邱宸在@为你而微的微博上，发出了第一条消息：

@为你而微：使君出祁山，辗转许多川。倚门望西北，可怜无数山。

这不是五言绝句，只是邱宸的一种隐晦心情。他关注了@小慢，不能让她从字里行间认出自己。

晚上，袁胖子微博私信他。

@袁胖子：战况如何？

@邱比特宸：全身而退！

@袁胖子：废物！

@邱比特宸：唾手可得者，君子不为。

@袁胖子：白瞎白瞎的，你！

@邱比特宸：好好当你那有前途的MBA学员吧。

@袁胖子：你又骂人，今天我才知道MBA是一个词的拼音缩写！

@邱比特宸：哈哈，我早就知道。

@袁胖子：不过这个班也不是全无用处，过几天我找一个做微博营销的老总，在微博上推推咱的变色龙帆布鞋。

@邱比特宸：早该如此！再无起色，关门大吉了！

邱宸的帆布鞋网店，继续保持低水准的稳定销量。如果再不想办法，恐怕真要关门了。

第二天，邱宸上班一大早就打开@为你而微，居然有人@了他：

@小瓶子：原句是"西北望长安，可怜无数山"，不过，你演绎得很好，我猜是你的男人去西北出差了吧？

邱宸哑然一笑。

夏知瑾在半夜1点多发了一条微博。

@盛夏之瑾：我永远失去了他，这感觉在陇南的凉夜里格外痛彻心

扉，心像刀绞一样，钻心的疼。疼痛完了，还是无边地想念他，想念那个我曾经的男人。你说我是不是犯贱？ @小慢

@小慢：赶紧睡吧，再值得你稀罕的人，时间久了慢慢也就淡忘了。

邱宸读完，一时竟找不到合适的词表达自己内心的感受。嫉妒？心疼？还是别的？

@为你而微：命运不时践踏我的梦想，但我仍相信童话都是真的。公主最终会爱上王子，战胜巫婆。

中午，夏知瑾在@热麦官方微博上汇报了到达文县后的第一次会谈成果。

@热麦官方微博：今天上午，热麦公司特派代表、热麦公益形象大使夏知瑾小姐拜访了文县分管文体卫生的刘玉副县长、教育局张同东局长等人。听完介绍，深感这里的教育资源匮乏，教学比例严重失调，失学儿童比例也偏高。热麦有社会责任帮助这里的孩子有学上、有书念。另，张同东局长让我想起了20年前我的小学语文老师哦。

夏知瑾本来想用淘宝体发送此行的第一条微博，思考再三，还是觉得稍微正式些比较好。不过，她还是在最后一句按捺不住自己的调皮。她不喜欢呆板的行文。有人看的微博都是年轻文体，正式文体的微博是给领导看的。

今天上午一大早，她就从县招待所赶到了县政府一号会议室，虽然号称一号，但实在太过简陋。她能感受到县领导对热麦此次公益活动的热情和期盼。刘玉副县长比她到得还要早，张同东局长介绍了文县的教育资源情况，讲到失学儿童，他痛心疾首。如果不是亲身体会，远在上海的她永远也感受不到一个边远地区的孩子、一个山区县城的教育局局长、一个分管文体卫生的副县长，对平等教育、对教学资源的那种渴望。

尤其是张同东局长，他衣着朴素，戴着一个黑框老式眼镜，让夏知瑾想起了自己的小学老师。会谈结束前，张同东笔直地站在一边，拍着胸脯说，我代表县教育局向你们保证，我们不会浪费你们捐助的每一分

钱，你们可以派驻审计代表，全程监督。

夏知瑾听了尤为感动，她能感觉到，张局长可能担心热麦公司捐款的去处，所以才派了夏知瑾实地考察。其实，夏知瑾此次陇南之行，有两个任务，一个是要确保热麦捐的钱用在最急缺的贫困山区，二是要把这次活动的社会影响力放大到极限。

根据公司要求，热麦每个员工都必须转发此次公益活动的每一条官方微博。邱宸当然会转发，即便不是因为夏知瑾的缘故，他也会为公司此次活动叫好的。这才是真正的公益，比在高速上种树有意义得多。

邱宸用@邱比特宸这个账号，第一个转发了这条微博：

@邱比特宸：再穷不能穷教育，热麦作为国内核心电商企业，有社会责任把教育公益做到前面去。另，官方微博的语言不必一定要太官方哦！亲！

晚上下班回家，邱宸第一时间打开了微博。

@盛夏之瑾没有更新微博，邱宸很失落，恹恹的，没有胃口吃饭。此刻，她在干嘛呢？是不是像他思念她一样，思念着那个令她欲罢不能的男人，为他吃不下饭、睡不好觉？想到这里，邱宸心里一阵小痛。

邱宸心里空落落的，百爪挠心地在房间里走来走去。他坐下来，他要写一条微博。

@为你而微：一只狗并不孤单，想念另一只狗才孤单。思念是一种痛，无边的思念中，希冀着从某个角落突然传来关于你的一丝消息，哪怕一个来自你的标点符号也是对这种思念的安抚。

写完这条微博，邱宸仍旧不能排遣心里的寂寞，他继续写道：

@为你而微：从别后，忆相逢，几回魂梦与君同。今宵剩把银缸照，犹恐相逢是梦中。晏几道的这首《鹧鸪天》道尽了离愁，凌乱了寂寞，何时君心似我心，才不负相思意。

@为你而微：那一夜，我听了一宿梵唱，不为参悟，只为寻你的一丝气息。那一月，我转过所有经轮，不为超度，只为触摸你的指纹。那一年，我磕长头拥抱尘埃，不为朝佛，只为贴着你的温暖。那一世，我翻遍十万大山，不为修来世，只为路中能与你相遇。

这条微博发出后，袁胖子不耐烦地私信他了。

@袁胖子：要不是你不让我@你，暴露你的身份，我早就在微博上骂你了。瞅你那猥琐的熊样儿！兄弟，这年头，吟诗作对的都是二货，直接扑倒才是王道。

@为你而微：好歹是文科生，别动手动脚地好不好？

@袁胖子：爱情是什么，爱情的终极目的就是扑倒。

@为你而微：扑倒之后呢？

@袁胖子：再扑倒，再扑倒……扑扑倒倒无穷尽也，不断扑倒才是人生乐趣所在。

@为你而微：别好了伤疤忘了疼，你大学追花花的时候不照样腆着一肚子肥肉假装大一号的唐伯虎？

@袁胖子：好汉不提当年勇！你继续吧……

邱宸让袁胖子这么一搅和，暂时放下了。

晚上10点钟，@为你而微的微博粉丝数突然暴增，足足加了几百个，吓得邱宸赶紧回自己主页看是不是电脑中毒了，还是微博平台犯贱了。

原来，自己今天发的两条微博，被@小团转发了。只听说微博上名人就像一只大喇叭，名人在喇叭一头轻咳两声，远在千里之外的某个地方就可能引发海啸。

邱宸太喜欢@小团了，可是他从不关注她，只是偷偷浏览她的微博。他也觉得自己猥琐得不够大胆，龌龊得不够直白。

邱宸浏览了粉丝的回复。

一个网友说：原来@小团下半身也曾经文艺过。

另一个说：原来@小团上半身也曾经复兴过。

一个回复：矮油，古典单相思啊，这样的人绝种了吧？

还有一个回复：我要顶你，直到你心灰意冷，回头是岸。哥很负责任地劝你一句，直接扑倒吧。

一个说：师太，你就从了老衲吧。

一个说：师太，你就饶了老衲吧。

一个说：@为你而微是师太，还是老衲？

比较靠谱的还是这一个：君住长江头，我住长江尾；日日思君不见君，这是为什么呢？靠，原来你在腾讯微博，哥在新浪微博！有木有！有木有！

邱宸看着这些粉丝的回复，心情马上大放异彩。微博乐趣，今日始得。

忽然粉丝暴增。邱宸看了转发，原来是@冷笑话精选转发了他的一条微博。@冷笑话精选是微博第一草根大号，每条微博都会有几千条的评论转发，邱宸心想，我今天人品大爆发啊。

曾几何时，邱宸在办公室挨了经理的骂，遭了同事的白眼，可全靠@冷笑话精选活着呢。要不是@冷笑话精选，他可就抑郁了。

邱宸回首遥望了一下自己的粉丝数，1300多了。有不少还是带V名人和大号。福莱国际传播合伙人@刘焱、互联网专家@开眼视点、@韩羽烨等的关注让邱宸有点受宠若惊。微博平台的无阶级性太强大了。

他写下了今晚第五条微博。

@为你而微：咦，原来涨粉这么简单，可追个妞儿咋就这么难呢，想一个人咋就这么疼呢？算了，还是写首诗给自己吧：入梦时如夏花之绚烂，清醒时如秋叶之静美，我必接得住你的繁华，慰得了你的落寞；你来，我张开双臂，你走，我死缠不放。愿今生执子之手，将子拖走……

夏知瑾到了陇南的第三天，通过@热麦官方微博一连串发了十几条微博。

@热麦官方微博：亲们，不好意思，这两天在山里，没网络信号哦。山村的孩子每天要步行翻越这一道陡峭的山岭，才能到达镇中心小学。他们早上不到五点起床，到学校的时候就八点了。亲们，看到哪个是我了么？右二那个赤脚挽着裤腿的泥人就是哦！这条路我足足走了五个多小时，将近中午才爬到镇小学！（附照片）

@热麦官方微博：下午，这里下起了雨，山路十分湿滑，一不小心就会从这条不足40厘米宽的小路上滑下去。这条泥泞危险的山路，就是孩子们每天的必经之路。他们渴望通过这条路，飞到外面去，看看大山外的世界！（附照片）

@热麦官方微博：一个锅盔，一块咸菜疙瘩，这就是孩子们的午餐。看得心疼！孩子们为了节省作业本，每人用一块碎掉的瓦盆底当写字、演算用的石板！这里的条件太苦了，可是从他们的眼神里看不到任何苦楚，他们的眼睛明亮而天真！（附照片）

……

终于有了夏知瑾的消息！邱宸看着夏知瑾写的官方微博，心头一酸。他迫不及待地要看@盛夏之瑾的微博了。

果然，夏知瑾晚上回招待所发了微博。

@盛夏之瑾：看了这里的孩子们，我有种想来这里支教的冲动。他们那么清贫，那么艰苦，但又那么可爱。如果我选择支教，不知有没有人愿意来这苦寒之地找我。我知道，他是不会来的！@小慢

邱宸心里说，我愿意。

邱宸想起了那首《YUKI之歌》，他更新了一条长微博。

@为你而微：

千年之前，谁是那一朵睡莲

千年之后，谁寻遍这茫茫雪山

你的歌声温暖了谁的寒夜

谁的吉他为你弹断了金弦

良辰美景，你为何模糊了双眼

青灯黄卷，是谁在苦度着流年

这个世界不相信石头上的诗句

永远微笑的是纸上的谎言

我该怎么告诉你我愚蠢地等了千年

你如何能相信我所经历的黑暗

如果我是一粒罂粟我要在这冰雪里开花

如果你是一团烈火就请烧毁我所有的语言

情歌已经唱滥，悲歌已经唱完

你是最后的星辰，照耀无边的草原

这条微博，粉丝的转发出奇的安静，他们说：博主，勇敢地@她吧，我们帮你！

邱宸怎么可能@盛夏之瑾呢，打死他都不会。他只是喃喃自语，他还没有勇气跟她表白。夏知瑾的心里，还装着一个人。

过了不一会儿，夏知瑾又发了一条微博。

@盛夏之瑾：越是想忘记他，越是想起他；越是想记恨他，越是记不起他的坏。只记得他的好，只记得他的好！只记得他的好！！

邱宸看完，抬起头，闭上眼。他想起了一句话。

@为你而微：你来，我当你不会走；你走，我当你没来过。丫头，何时你才能这么洒脱？不过没关系，我会等你，直到你当他没来过。

这条微博发出去后，@星座爱情001转发并评论。此后，陆续有@全球时尚、@勤娘子、@张小米饭跟进，转发评论。短短一个小时内，被转发了900多次，评论有1000多条。@为你而微的粉丝数突破了5000。

邱宸现在的乐趣就是逐条看网友的转发和评论。他觉得背后那么多人在真心地鼓励他、支持他。网友则从他这里或改变或加深了对情痴的认识。

女网友：我曾一度认为爱情不过是你的工资压在我的工资上，你的身体压在我的身体上；看了你的微博后，我突然重新开始相信爱情。

女网友：爱情不是我进入你的房子、你进入我的身体那么简单。

男网友：我把我的钱交给你，你把你的身子交给我，原来这样的交易不是爱情，是嫖娼，是用工资绑定一个炮友。

女网友：古典爱情，重出江湖。速度围观稀罕物！

男网友：这世上还真有不花钱就能买到的东西呢，真有花了钱不一定得到的东西呢！

网友回复得最多的是邱宸微博里的那句：你来，我当你不会走；你走，我当你没来过。若干人以"+1"的方式转发，盖起了高楼。

而随着@张小米饭、@冷笑话精选、@星座爱情001、@全球时尚等知名大V的转发和加关注，@为你而微这个账号，在此后的一个月内，粉丝数已过了30000。

邱宸很明白，这个账号，无论有一个粉丝，还是有一万个粉丝，它存在的唯一意义是为夏知瑾而写，为夏知瑾而微。他只写给夏知瑾，写给自己。邱宸写这么多的微博不是为了告诉夏知瑾自己有多么爱她，而是夏知瑾迟早会知道，爱是如此的值得和荣耀，在今后漫长的岁月里，这份爱不是痛，是内心的力量，无论谁都替代不了这种力量的存在。

邱宸掏出手机，想给夏知瑾打个电话。号码拨出去后，他又慌乱地挂掉了。他不知该跟她说什么，语气该调侃还是深沉，该关切还是淡然。他怕露馅。

想了一会，还是发条短信吧。这时，夏知瑾却嘟嘟地给他发了一条短消息。

"木头，我今天差点掉山沟里，长眠于此了，你也不慰问一下我。"

"别胡说，你长命百岁！"

"哈，那不成王八了。"

"不管怎样，你都要好好照顾自己，我们等你回来。"

"我们？难不成秦小曼看上你这块木头了？她怎么没说？我去找她！"

"不是……不是……"邱宸急忙否认。

"木头！"

"嗯!"

"我想他了!这里一个说话的人都没有!"

邱宸知道夏知瑾一定在那边哭了。他很想打电话过去安慰她,可是又不知该怎么安慰。他回了一条消息:"我想去你那里看看山里的孩子们!"

"哈,你来吧。有块木头陪着,总比一个人好。"

"好,你等着。"

邱宸说完,马上胡乱收拾了几件衣服,赶往火车站。

到了火车站,晚上没有班次,邱宸只好订了第二天上午11点的票。他知道夏知瑾一定以为自己在开玩笑。如果他突然出现在她面前,她会是什么样的表情?邱宸小得意地暗自笑了笑。

第二天,邱宸打算上午上一小会班,忙完手头的几个事,再请假走人。

上午9点30分,夏知瑾突然发了一条微博。

@盛夏之瑾:公司急令,即刻返程!晚上你要请我吃最大的大餐!@小慢

@小慢:啊,什么事这么急?你那边弄完了?

@盛夏之瑾:还没弄完,单位另派了人过来。公司出事了。

公司出事了?邱宸心里纳罕,我怎么没听说。

Chapter 03

宅男的"无心插柳"式创业

@为你而微：

与其踏入婚姻这个爱情的坟墓，不如一直暗恋、远远地看着那个人，这样，我的美梦就不会破碎。但一旦美梦破碎了，连个坟墓都没有，那就是最大的悲剧！

　　那张火车票眼瞅着就砸在自己手里了，邱宸飞奔出门，直奔火车站。

　　公司为什么突然急召夏知瑾回来呢？一定是遇到了棘手的问题，而且需要危机公关。突然的变故打乱了邱宸的小算盘，不过也好，马上就可以见到她了。

　　邱宸猜到了事情的性质，却猜不到其中的内情。

　　夏知瑾来不及坐火车，直接订了兰州飞上海的机票，傍晚就赶了回来。

　　以邱宸的级别，他当然无法在第一时间见到朝思暮想的人。夏知瑾被郭向平派去的专车直接接回了总部。

　　郭向平在下午快下班的时候，给公关部召开了一次特别会议。会议内容围绕着一起微博投诉案件展开。晚上7点半，会议开完了。夏知瑾发了一条微博给秦小曼。

　　@盛夏之瑾：终于开完了，不过还要整理资料，过不去了。难为你点了那么多好吃的，你就能者多劳吧，实在不行就叫木头兄过去帮忙。@小慢

　　@小慢：叫木头过来？你不看看几点了？要猴也得掐着表吧！到底什么塌了天的大事，跟赶丧似的把你弄回来？

@盛夏之瑾：告诉你也无妨，不是什么大事。有客户在微博上投诉我们卖假货。

@小慢：你们大BOSS是不是变态？就为这点破事，把你八百里加急弄回来？

@盛夏之瑾：我也纳闷。

@小慢：不过也好，一个人待在甘肃那个地方，我还不放心呢。忙你的去吧，我一个人静会儿。

有客户在微博上投诉热麦，郭向平就按捺不住了？

邱宸看了夏知瑾的微博，怎么想都觉得这事缺乏必要的逻辑。曾有一刹那，邱宸凭借陷入爱情的敏感，闪出过一丝念头，不过这个念头只是一闪而过，因为绝无可能。这念头是：郭向平对夏知瑾动了心思。

现在回想起来，邱宸的第六感确实足够敏感，郭向平确实对夏知瑾动了心思。郭向平当初把夏知瑾调到公关部，也有放在自己身边想靠近她的意思。不过，热麦即将面临的困局，是任何人都想象不到的。即便是久经沙场的热麦掌门人，也只是嗅到了一丝危机，却绝无可能知道全部内情。

因此，郭向平心急火燎地叫夏知瑾回到上海，一方面是想趁虚而入，另一方面是要把微博投诉这件事消灭在肇始之初。至于援建甘肃希望小学的事情，只要有钱，谁都可以做得很好。

夏知瑾下午开会的时候，就已经拿到了有关微博投诉事件的所有资料。

前天，陆续有几个买家在微博上发消息，称自己在热麦网购的几件衣服是假货。夏知瑾找出这几个人的微博，投诉内容主要涉及几个知名的体育运动类品牌，有阿迪达斯、耐克，还有彪马和背靠背。

夏知瑾从公司后台调取了记录数据，这几个买家确实在前几天从热麦购买了他们提到的运动服装。卖家的信誉相当不错，都是皇冠级店铺。

这次投诉，说大不大，说小不小。

只要是中国人，就都明白，这些卖家的进货渠道有问题。这些货品，绝对不是从正常销售渠道进货，但是又绝对跟正品完全一样。

夏知瑾的一个大学同学来自某市郊的某个村。这个村的一句名言是：挑大粪的都穿名牌运动鞋。因为他们村有一家鞋厂，90%的订单来自某名牌运动鞋，是该名牌运动鞋指定的OEM代加工工厂。在工厂上班的车间工人，大部分都是本村的年轻人。他们今天捎带几双鞋帮，明天捎带几双鞋底，用了不多久，一箱正品名牌运动鞋就诞生了。另外一个办法是，在上报残次率的时候，多报一部分，这样一来，就多出一些质量完全达标的"残次品"。中国人的智慧用在这上面，那是全世界无敌的。

几乎所有购物网站上，那些超低折扣的名品，都是通过这些渠道进货。买家和卖家都心照不宣，周瑜打黄盖，一个愿打，一个愿挨。想规范、杜绝，几乎是不可能的。有需求，就有市场。如果赶走这些卖家，无异于自废武功。

质量没问题，只是不是官方正品。

所以，当有买家投诉热麦卖假货的时候，夏知瑾马上明白了其中的问题所在。

这几个买家，天南海北，不像是串通起来的。

郭向平给的意见是，迅速让这几个人的声音在微博上消失。既然并非团伙投诉，夏知瑾决定各个击破。

夏知瑾当然不会直白地跟对方谈封口费的事情，她通过@热麦官方微博承诺对方可以无条件退货。对方根本不理，称要向消费者协会投诉。再客气，对方就说并不在乎热麦是否赔偿，只是想维护一个消费者基本的权益和尊严，诸如此类。

夏知瑾又联系了另外几个买家，措辞如出一辙。

夏知瑾隐约感觉到这并不是孤立的投诉案件，她向郭向平报告了情况。郭向平倒不以为然，认为对方不过想多索要赔偿。郭向平提了几点，赔偿可以，必须马上删除微博，而且叮嘱夏知瑾不能留下口实。

夏知瑾领了旨意，私下通过其他方式跟几个人接触。事情到了第三天，原本态度坚决的几个人，居然开始松口。他们同意卖家无条件退货并补偿两倍货值差价的建议，得到答复后，很快就删除了微博内容。

事情顺利得出乎意料，这令夏知瑾有些不安。

电商平台上的店铺普遍存在这种渠道问题，郭向平并没有过分担心。夏知瑾跟他汇报完情况后，郭向平指了指旁边的沙发："坐吧，这段时间工作不错，援建学校的事已经有了进展，辛苦了。"

夏知瑾规规矩矩地坐在沙发一角："不辛苦！"

"今天下午慈善总会有个表彰会，热麦捐建学校的行动，收到了很好的社会效果。今晚，分管工商业的副市长会亲自颁奖。你跟我一起参加。"

夏知瑾点点头。

她很佩服郭向平，单枪匹马创建了热麦，两年前获得了美国大商业集团的注资，热麦从此走上快速扩张的快车道，一举成为国内前几名的大电商企业。当年，她在电梯里的一个举动，被郭向平破格提拔到公关部。所有这些，都是郭向平的过人之处。用人不拘一格，是他最大的特点。

当天，夏知瑾跟郭向平参加了晚宴。回家后，发了一条微博。

@盛夏之瑾：慈善晚宴，喝了两杯红酒就醉了，还劳驾老总送我回家。老总人好，帅，可惜结婚了。酒入愁肠，想起了一年前，他第一次请我去法国餐厅喝红酒，恍如隔世，物是人非。

邱宸看到这条微博，心里一阵酸痛。从下班回家直到晚上11点，邱宸就呆呆地坐在房间里，不停地刷微博，等待来自她的消息。明知她今晚会和别人在一起，邱宸心痛到无法疗伤。男人不能说服自己的是妒忌心。能忍受妒忌心继续围着女人转的男人，要么不爱她，要么很爱很爱她。

@为你而微：她喝醉了，有个比我条件强万倍的人当了护花使者。死胖子跟我说，一个萝卜一个坑。我这个青头萝卜是不是她喜欢的那一款？

邱宸刚发完这条微博，@小团的评论就过来了。

@小团：哥们儿，你的微博我看了都替你胸闷。是男人就直接上，整天在微博上自言自语，自怨自艾，哪辈子才能修成正果？不是我不提醒你，你不下手，自有人替你下手。这个年代，唯独不缺火枪手！

邱宸想起了一句话。

@为你而微：有人说，这年头，如果你不会要流氓，连另一半都会弃你而去。

结果这条微博引来评论接踵而至。

@天下网商许维：要想对方不出轨，自己必须足够流氓。

@张何：勇敢做最大的流氓，才能掌握另一半。

@一生有你555：女人如果想拴住男人的心，必须做到以下三点：上床是女优，下床是女孩，出门是女神。这条对男人也适用。

……

袁胖子的MBA课果然没白上，他说到做到，通过班上的同学认识了两个微博大佬——杜子建和王冠雄。

杜子建是微博界的大佬级人物，近十年，一直在业内叱咤风云。无论是在传媒界还是在文学界，一直是观点犀利、直戳重点。他对市场营销尤其是网络营销有着独到的造诣。特别是微博出现后，他敏锐地嗅到了微博营销的先机。在他的访谈和课程中，曾无数次提到微博营销的案例和理念。

邱宸听了胖子的介绍，有些犹豫。他和袁胖子的这个店，投资不过十几万元，为了打只蚊子，惊动了一头狮子，这事让人觉得很狗血。

袁胖子倒满不在乎："举手之劳的事，不要紧，他闲着也是闲着。"

邱宸说："谁告诉你人家现在闲着。"

袁胖子说："这事你不用管了，我去问他。"

过了不多久，袁胖子回消息了，就俩字：色彩。

私信。

@为你而微：什么情况？被鄙视了吧？

@袁胖子：我跟他一起吃饭，顺便问起这事。你猜，他怎么着？

@为你而微：便秘是吧？拉一半，留一半！快说！

@袁胖子：他问，你的店铺叫什么？我说，叫变色龙帆布鞋。他就牛逼地只说了两个字：色彩！然后就不再说了，真牛逼。

邱宸想了想，恨不能拉过袁胖子的大腿来猛拍。

@为你而微：对啊，对啊，色彩！胖子，咱的店有救了！

@袁胖子：烧糊涂了吧？

@为你而微：你想啊，变色龙，重点就在一个"色"上。色彩，你懂吧？如果咱的鞋跟变色龙一样，从店铺装饰到货品，都给买家一种强烈的视觉冲击，一定火。

邱宸的这番领会，用不了多久，就体现在他的店铺出货量上。杜子建不愧是营销高手，只用两个字，就抓住了营销的根本。

邱宸是学色彩设计的，这点根本难不倒他。很快，他的变色龙店铺就名副其实了，店铺门面设计是大片的草绿和鲜明的桃红色。新进的货品，色彩的视觉对比也非常突出。邱宸把买家定位在二十岁左右的客户群上。

最高纪录，一天出货46双，这能顶之前好几个月的销量了。

袁胖子拿到邱宸的数据报表后，不得不对杜子建刮目相看。牛人，就是牛！

可是，好景不长，因为不久后，热麦就遇到了大麻烦，这直接导致了变色龙帆布鞋店铺的撤店。

热麦从慈善总会接过了奖杯。不得不说，这是热麦最成功的一次形象公关，在社会上引起了非常大的反响。这一策划来自夏知瑾，郭向平也是大力支持的。而夏知瑾的这个想法，还是得益于植树时，邱宸的那一盆冷水。

因为捐建学校，@热麦官方微博大受各方关注。其中，包括资深品牌策划师、知名微博营销策划人@yule。当时，@yule的团队向夏知瑾提出建议，由他们工作室全权代为打理热麦的官方微博，包括微博营销、案例策划、危机公关等服务内容。

夏知瑾马上将这一信息报告给了郭向平。

郭向平听了，沉吟了一会儿："他们的建议非常不错。"

夏知瑾问道："您同意让他们代运营了？"

郭向平摇摇头："我是说他们的建议非常好，但是这些建议要我们自己做。我的意见是，把@热麦官方微博打造成我们公司对外营销、案例策划和危机公关的主要平台和渠道，这件事由你负责。我会全力支持你。"

夏知瑾欣然领命，同时对郭向平快速而灵敏的决策感到敬佩。

从甘肃回到上海后，夏知瑾渴望每天的工作把她压得死死的，好让自己没有一丝时间去想那个男人。郭向平给她安排了新任务，这也正是她所希望的。

夏知瑾从市场部抽调了两个人，加上自己和公关部另外一位同事，四人负责@热麦官方微博的运营。

这一天，市场部负责信息调查的同事递给夏知瑾两份报表。

一份是热麦月度营销统计表，数据显示，这个月热麦服装类货品的销量大幅攀升，增长了将近40%，远远超过了公司平均增长率。

一份是国内竞争对手店铺分析表。夏知瑾看完这份报表，摇了摇头，她并未发现特别之处。市场部同事伸手指向一家电商的店铺分析表："夏经理，您看，BEBE家上个月服装店铺数量总体虽然是增长的，但是有部分品牌店铺撤柜了。"

夏知瑾重新看了一遍，果然如此。

"你觉得是什么原因？"夏知瑾问那位同事。

"两种可能，一种是他们也遭到了买家同样的投诉；另一种可能是，他们听说了热麦遭投诉的事件，防患于未然，加强了店铺货品的渠道管理，撤销了部分店铺。"

夏知瑾点点头，这个同事做市场绝对是把好手，他敏锐地觉察到了数字的变换可能预示着问题。她心里揣摩，买家投诉事件早就风平浪静了，那么这两份报表，此消彼长，一反一正，说明了什么问题？

夏知瑾暂时猜不透，却预感一定有蹊跷。

她不敢怠慢，马上报告了郭向平。郭向平盯着两份报表，沉吟良久，脸色越来越凝重。他跟夏知瑾说："行，报表放我这儿吧。这事我会考虑。"

凭夏知瑾对郭向平的观察，这份数据一定事关重大。

秦小曼是个爱热闹的人，找到个由头就要聚聚。

邱宸从认识她起，居然一直不知道她是做什么的。直到这天晚上，秦小曼找了一个理由，说是祝贺夏知瑾升迁志禧，三人到MUSE喝酒。邱宸极不喜欢泡吧，如果不是夏知瑾也去，他才不会来这种地方。

席间，秦小曼晃了晃手腕上的一款积家腕表："限量版，全球才五只，我都不舍得放在我的店里，哪怕是展示一下。所以，就'放'自己手上了。"女人的占有欲，非常奇怪。

秦小曼是上海一家名表店老板，她最大的爱好就是收藏各种名表。她很有经营头脑，通过收藏名表，不但结识了众多绅士名流，也让她身价倍增。在上海这个地方，秦小曼算一个能"上达天听"的高端人士了。

"祝贺小夏荣升！"秦小曼开了一瓶1992年的红酒。

"姐，没什么好祝贺的。这两天正憋闷呢！"

夏知瑾有时会叫秦小曼"姐"，秦小曼29岁，比夏知瑾大3岁。

"你的洒脱劲哪儿去了？我就不信你这么优秀的女孩，非要在那一棵树上吊死。别想他了，改天姐给你介绍个比他强百倍的。"

"那个混账玩意儿，我早就懒得想他了。我现在是事业型女人！"

夏知瑾嘴里骂着那个男人，心里却又开始犯酸。口是心非，是女人的综合症。

"那一定是工作上遇到麻烦了！"秦小曼问道。

夏知瑾点点头："前几天，有几个买家在微博上投诉热麦店铺销售渠道不明的假品牌，这事已经处理完了。这个月数据出来后，吓我一跳，热麦的服装类货品销售量不降反升，而且BEBE那边似乎撤了一些店铺。我报告给了老郭，老郭只是说他会处理。但是从他的表情上，我感觉这事不简单，可我又想不到到底会有什么问题。我担心的是，热麦会突然遇到大麻烦。到时，我这刚上任的芝麻小官就有事做了！"

"确实很奇怪！"秦小曼沉吟道。

"木头，你怎么看？"夏知瑾问身边的邱宸。

邱宸听了夏知瑾的叙述，脑子里马上想到了金庸小说里的七伤拳。他说："《倚天屠龙记》里有一种拳法，威力无比，但是这种拳法的要诀是，先伤己，再伤人。通常是先把自己的奇经八脉搞残，然后才能练成厉害的七伤拳。"

"你是说，BEBE想先关掉自己网站上那些渠道不明的店铺，宁可受着暂时的损失，也要让热麦栽一个致命的大跟头？"

"我猜的。热麦上个月服装类货品的销售量之所以大幅攀升，原因就是BEBE撤销了很多店铺，买家从BEBE转投到热麦了。BEBE一定在酝酿一个新的动作。"

"有道理！"

"壁虎在遇到敌手时，通常会斩断自己的尾巴，看似受伤了，实则成功逃生了。"邱宸说。

"木头兄，高见！"秦小曼说。

"那BEBE下一步会采取什么行动呢？我实在想不通。"

"如果更加恶意地揣测BEBE，我觉得，上次微博投诉的那几个买家也是BEBE策划的。只不过，他们那时还没想到一个更厉害的招式，所以才草草收场。现在看来，他们想到了，要出招了。"

"嗯，我觉得老郭已经意识到了。这种大阵势，不是我们几个小卒就能应付得来的。所以，他亲自把这件事接了过去。"夏知瑾几乎分析透了这里面几天来一直让她不解的内在逻辑。

"应该是。"

夏知瑾拍拍邱宸的肩膀，以示赞许。

邱宸刚才的这一番分析，让秦小曼和夏知瑾不得不重新审视这位木头兄。

"说实话，我挺佩服老郭。眼光很毒辣！"夏知瑾说。

邱宸听到夏知瑾对郭向平发自内心的敬佩，他有些醋意。对他而言，任何一个与夏知瑾接触的男人，都是他的假想敌。何况，夏知瑾这段时间与郭向平在一起的时间太多了。

"这就是老男人的魅力。"秦小曼打趣道。

"闭嘴。我说的是他在商业上的嗅觉。你看，捐建学校那事，刚有微博营销公司找上门来，他就马上借用了人家的思路，弄了几个人自己搞起来了。他反应很敏锐。"

"微博营销？我很反感微博广告。我玩微博只是觉得好玩。"秦小曼不以为然。

关于微博营销，邱宸早就关注到了，而且已经应用于他的帆布鞋营销中了。只是他人微言轻，不足以在微博上掀起风浪。不过，脑子还算灵活又长期关注网络的邱宸隐隐觉得，微博这个平台现已全面开放，人气是坐火箭般急升，这中间蕴含的商机，可谓无限。而他，又怎能不去分这一杯羹？

山雨欲来风满楼，这在商战战场上，算是客气的。最要命的是，对手连风都不刮，直接平地一声雷。

BEBE电商网站就是这么办的。

郭向平已经意识到了这一点，周一的晨会上宣布一周内清理非正规授权渠道的货品店铺。可是，动作已经晚了。

周一下午，热麦突然接到了某知名运动品牌中国大区的起诉。对方起诉热麦涉嫌销售该品牌的假货，严重侵犯了该品牌的商业利益。

这两件事合二为一，整个事情的脉络就清晰了。这与邱宸的分析基本吻合。

只是，邱宸、夏知瑾根本猜不到他们会采取这种方式。

夏知瑾咨询了法律顾问，律师很明确地答复她，如果真打官司，热麦必输无疑。

这招太狠了。

郭向平一方面安排公关部夏知瑾马上联系法律顾问，准备应诉材料；一方面紧急照会其他品牌公司，希望能借此次事件，整肃电商平台上非正规渠道的店铺，与各品牌公司达成良好的合作关系。

这一步算是亡羊补牢，不过效果是显著的。大多数品牌都表态，希望能与热麦一起整肃市场。他们心里明白，热麦在国内的市场份额一直在稳步上升，尤其是美国商业大鳄注资后，热麦的发展前景被广泛看好。他们也不希望跟热麦弄僵。

邱宸的帆布鞋网店，刚刚景气了没多久，就接到热麦的通知，因变色龙网店出售的帆布鞋有仿匡威的嫌疑，建议撤店。城门失火，殃及池鱼。邱宸明白其中的原委，他知道，这个店已经走到了尽头。

袁胖子接到邱宸的消息，呵呵一笑，吟诵道：此天意乎？然也。

邱宸拢了一下账，开店这几个月，略有盈余。也算对得起胖子的现钞了。

变色龙关门，夏知瑾是知道的。那天，她在邱宸家看到那么多帆布鞋，就已经明白邱宸自己在热麦开店。也就是从那一刻起，她对邱宸的看法发生了很大的变化。之前，她觉得邱宸就是块木头，十足的闷骚无聊。再后来，邱宸用七伤拳分析了这次事件，更是令她对邱宸刮目相看。

夏知瑾给邱宸发短信:"今晚请你吃饭吧。"

邱宸接到消息,整个灵魂都快要升腾到天上去了。变色龙关门的郁闷在这条短信面前简直无足轻重。

夏知瑾莫名其妙地请自己吃饭,一定是有事。他回短信问:"什么事?"

夏知瑾道:"没事就不能和你吃饭了?你是领导干部啊?"

邱宸忙答应下来。

夏知瑾这段时间特别憔悴,失恋、出差、应付公司的突然危机,邱宸看了觉得心疼。夏知瑾勉强挤出一丝笑容,但是以往灵动的眼神现在暗淡了许多。

"你这几天精神不大好。睡不好?"邱宸关心地问。

夏知瑾强迫自己恢复战斗状态,却怎么也做不到,只好承认:"半夜里老是一个人睁着眼,白天公司事情又特别多。"

"放手吧,他已经走远了。"邱宸不自觉地说出了这句话。

夏知瑾突然就涌出泪来。

她赶忙擦了一把,惨然地笑笑:"你脑子里那么多想法,没试着去做点别的事?"

"我哪有什么想法。"

"以前觉得你是块木头,现在发现你这块木头生根发芽了,让人眼前一亮。"

邱宸听了这句话,十分受用。

岔开伤心话题后,邱宸尽量调动自己有限的表达力,还讲了一两个笑话,哄夏知瑾开心。夏知瑾也很配合,咯咯地笑了。

晚上回家,邱宸美滋滋地更新了微博。

@为你而微:今晚,萝卜与坑共进晚餐,相谈甚欢。真是应了那首诗:千山鸟飞绝,万径人踪灭;孤舟蓑笠翁,怎知不是我?

此微博一出,立马引来欢乐无数。

邱宸瞅了一眼自己的粉丝数，30000多了。大家都爱看这种热闹，更何况这场旷日持久的单相思。好在邱宸还有些才华，时不时表露一下自己的才气，写几个暗恋明恋的段子。@不加也来凑热闹，不但加了关注，还即兴写了个段子：有爱不做，感情受挫；无爱硬挤，锻炼身体；爱是做出来的，情是爱出来的；好男人架不住骚扰，好女人架不住扑倒。

网友A：古典哥终于出手了！

网友B：行动的力量！

……

邱宸自己也没想到，一个自言自语的微博，居然引来这么多人围观。

几天后，他收到了一条微博私信："您的微博非常有意思，不知是否有意转让？如有意，请私信联系，或者致电135********。"

邱宸看完这条私信，傻了。

好奇心驱使他给对方回了私信："How much？"

对方很快回复了："10万元人民币。"

邱宸："哦，我以为是美元。"

对方："……"

邱宸吓了一跳，这个号值十万呢。

见邱宸不回，对方又催促道："请放心，我们是正规的微博营销公司，老板是@酒红冰蓝，你应该知道她的。"

@酒红冰蓝，邱宸当然知道。邱宸的帆布鞋陷入困境时，还曾求助过她。@酒红冰蓝是微博大佬，入行早，道业深，最早她从做淘宝联盟起家，后来敏锐发现微博会高速发展，果断收购了类似@全球时尚这类账号，累计粉丝数已经有3000多万，光每天帮客户转发广告，收入就达20多万。

可是邱宸压根就没想过转让这件事。

他注册这个微博，是专为夏知瑾。这是一个纯爱微博，不会做任何他用。这个微博寄托了他对最爱的人的情感，这个微博好像是一个人，他会讲话会哭会笑。通过这个账号，他把自己的喜怒哀乐向夏知瑾娓娓道来，夏知瑾不开心的时候，他会安慰她，夏知瑾开心的时候，他会和她分享。

可是，自从他的粉丝数超了30000后，微博私信就多了起来。

有要求收购账号的，多的能出到20多万；有要求付费转发的，据说转发一条广告微博，就有几千块进账，那些明星或者大佬级人物转发一条，要两三万。

邱宸这才意识到微博的商机所在。

他想起了前段时间，@yule要求代运营@热麦官方微博的事情。他突然有了一个想法。

这个想法在邱宸的脑子里一下子蹦出来，不可抑制。

他马上微博私信了@袁胖子。

@为你而微：胖子，胖子，起来！

@袁胖子：吃激素了？

@为你而微：我想到了一个事情，可以做做看。正好可以作为你的结业研究课题。

@袁胖子：这么好的事？讲来听听，讲完我继续睡……

@为你而微：你前几天不是还在寻找市场新机会吗？

@袁胖子：你能想到的新机会，估计早就被人做成老市场了。

@为你而微：这还真不一定。你想啊，微博才诞生一年，怎么可能那么快被人做老了呢？我觉得微博营销正是市场黄金培育期。我们搞个工作室吧，反正没有成本。

@袁胖子：可以一试！灵感何来？

@为你而微：这几天，老是有微博营销人给我发私信，要买我这个账号。估计他们是拿来做营销。

@袁胖子：哦？一个三万粉丝的账号，价值几何？

@为你而微：高的能出到20多万。

@袁胖子：亲娘四舅姥姥，这么值钱？他们肯花这么大的钱买，说明这个微博营销很有做头啊！

@为你而微：我们要好好合计合计，做一家策划室，不是谁都可以的。

@袁胖子：这周末我回上海。

Chapter 04

初出茅庐——不怕虎

@为你而微：

爱人和被人爱是人生最大的幸福。爱如果为利
己而爱，这个爱就不是真爱，而是一种欲。爱
情是生活的重要组成部分，而生活，则是一种
责任。因此爱情是一种责任。

周六，袁胖子带着一个人回到了上海。

邱宸看那个人面熟，袁胖子作了介绍："这是互联网殿堂人物王冠雄。这是我大学同学邱宸。王总监正好来上海出差，我们同一航班。"

原来他就是江湖中传闻的王冠雄。邱宸不知从哪来的勇气，居然冒出一句："王总不在江湖，可江湖上却一直有你的传说。"

袁胖子接道："王老板，友商喊你回家算账！"

三人大笑。

晚上，袁胖子做东，请老王吃饭。

席间说起想做工作室的想法，老王打开了话题。

"有人说，微博粉丝超过一百，你就好像是本内刊；超过一千，你就是个布告栏；超过一万，你就是本杂志；超过十万，你就是一份都市报；超过一百万，你就是一份全国性报纸；超过一千万，你就是电视台；超过一亿，你就是 CCTV 了。你现在是什么？"

邱宸回答："我勉强算一本杂志。"

"哇，已经很不错了。这是一个很好的开始。怎么产生了做微博营销的想法？"

"我这个账号粉丝过了三万后，经常有策划人表示要买这个账号。"

"嗅觉敏锐，这点也不错。如果在一个成熟的市场板块，你们两个这么冲动的想法，我一定是不赞成的。但微博市场，尚可凭借先机一试。去年，微博才上线，短短一年时间，市场机会仍旧存在。但是，这并不意味着机会遍地都是。你看今年上半年，层出不穷的微博营销案例，你就明白现在有多少人在盯着这个新兴市场。"

"这些人群中，有互联网的大鳄，有传统行业的广告商。有的人拥有亿万资财，有的人拥有百万水军。空手入行，其实很难。不过，也不是没有机会。尹光旭、酒红冰蓝，这些都是白手起家。"

尹光旭是个"85后"青年，2009年开始有目的性地注册微博帐号，做微博营销，@冷笑话精选、@精彩语录都是他手中的帐号，月入数十万。酒红冰蓝在微博创立之初，就目光敏锐地从淘宝转移到微博，2011年，只有高中文凭的她已被创新工场估值1个亿！这些都是邱宸在决定进入这个领域时所做的功课。他当时着实被这些数据震撼到了。

"你们是怎么打算的？"王冠雄问道。

"还没有具体的思路。"邱宸实话实说。高人面前，任何掩饰都是负能量。

王冠雄点点头："知道微博营销最根本的是什么吗？"

"粉丝数？"

"错，是创意！永远记住这句话！钻石恒久远，创意永流传。一个天马行空的创意，就可以直接将你从草根拉升入大佬云集的殿堂！每个大佬，都是这么修炼进殿堂的。"

王冠雄这句话，深深印刻在了邱宸的脑子里。

"微博营销，方兴未艾，目前主要有几种赢利模式。第一种，代运营微博账号。这一种最简单，也最难。如果你有人脉，认识很多想开微博，又没有时间打理微博的明星、主持人，代运营就可以轻松地做得很好。但是，如果你是草根，对不起。我认识很多知名的主持人、娱乐圈的明星，他们的微博都不是自己打理的。这很容易辨别，那些整天发类

似心灵鸡汤的明星微博，一定是有人在代为打理，还有就是照片PS得特别精致的，也一定是有人代运营。你想啊，明星每天忙得要死，哪有工夫跟你谈心灵鸡汤，哪有工夫上电脑PS照片呢。

"第二种，危机公关。这种方式，我个人不是很喜欢。但是，对企业来讲，却是不可或缺的。操作这种模式，需要你拥有大批长期随时待命的水军，遇到危机，从企业拿到钱，一声令下，就可以在短时间内形成正负两方面的舆论飓风。此类模式，案例众多，不再赘述。

"第三种，事件营销。这是我最看好的一个版块。这个模式最能体现策划人的创意和对微博营销的理解深度，最能考验策划人对市场的敏锐嗅觉，也最考验工作室的整体运营能力。

"关于事件营销，今年4月份，有一个很典型的案例。一个国内知名的啤酒品牌，委托一家微博策划团队做一个无醇啤酒的创意。这个团队接到订单后，每天晚上就在市区的主要路口溜达，后来终于发现在某个路口，交警经常蹲点查酒驾，电视台记者在跟踪报道酒驾查处情况。于是，他们准备了一辆啤酒厂家的厢式物流货车，在厢体喷涂了厂家的LOGO，并打上了这款无醇啤酒的巨大广告标题。一天晚上，当交警查处了一起酒驾案件，电视台记者正对着当事人采访时，这部货车缓缓地从镜头前驶过。这段视频在电视新闻节目播出后，马上被制作成视频放到微博上。短短几个小时，该条微博转发就超过了3000次，评论超过了1500条。创意、时间节点、广告背景，无一不体现了这个团队高超的水平，事件营销就应该是这样子的。

"生硬、赤裸裸地插入广告，这在微博上行不通。热点事件（也就是故事）、即时性、一次传播和二次转发量、网友关注度等条件缺一不可。

"微博是一个免费的平台，唯一值钱的就是创意，创意为王！"

可以说，王冠雄这天晚上的这番话，给邱宸后面的工作室营销奠定了基础方向。

邱宸自忖没有那么多人脉可以给明星主持人做微博代运营，也没有能量豢养那么多水军替企业淹没网络负面新闻，他唯一可以做的就是简单而免费的创意。就如@琢磨先生，头脑才是一切。

袁胖子即将从MBA学成归来，他也想做点事，检验一下MBA课程的人是不是真像学院的广告词那么有效。

袁胖子注册了一个工作室，取名字时遇到了麻烦。如何取一个既有寓意又响亮的名字呢？袁胖子说了一句话：咱俩要是连个名字都取不好，这个工作室也干脆别开了。

邱宸在公司做视觉设计时，突然捕捉到了一个灵感。他想到了全套LOGO方案，马上用Photoshop做了一个，发给袁胖子。袁胖子第一眼就相中了它。

英文名：U & ME。英文名寓意为联合，表达了一种与周围人密切关联的意思。

中文名：有门。中文名为英文的音译，同时表达了工作室立足创意。

LOGO：一个粗体异形的"&"，背景是一个长方形的海蓝色的框，宽和高符合黄金分割比例。蓝色寓意海一样湛蓝的包容胸怀，白色的粗体"&"位于海中央，寓意联合的开放性。

邱宸后来说，如果没有死胖子的包容，他所有的创意和灵感都只是被禁锢在牢笼里一文不值的春秋大梦而已。是胖子给了他实现无知与狂妄梦想的机会，让他这个思想的疯子得以在微博的无尽自由中闪现一时，不再卑微。

世上只有少数人能辨别石头与璞玉。袁胖子显然属于这少数人，但是他之所以能辨别璞玉，不是他鉴赏水平有多高，而是他的动物本能。夏知瑾也属于这少数人，但她是真正能捕捉到一个人天赋因子的人。邱宸就是那种在市场高调如明星、在公司低调如尘埃的人，公司的上上下下都觉得他是一个沉默木讷的小伙子，碌碌无为没有出息。

工作室创立之初，邱宸和袁胖子便制定了一个目标：用三个月的时间，养一个名字叫"有门"的微博账号，再用三个月的时间免费给某些品牌做微博营销，引起该品牌的关注，从而拿到微博营销订单。

第一个三个月，养账号。当然，这需要创意，才能吸引网友关注。一个没有粉丝量的账号，是没有营销价值的。

第二个三个月，免费创意。当然，这更需要创意，才能吸引企业的关注。

@有门微博的内容，力求图文并茂，甚至要链接视频。

图片和视频对网友的吸引力高出单纯的文字内容几十倍都不止，邱宸当然明白这个道理，他就是学视觉设计的。

工作室刚成立，@互联网信徒王冠雄就加了关注，算是对他们的支持，而且每条微博必转。这种支持对账号初期提高转发量、积攒粉丝，起到了重要的作用。

而@为你而微这个账号，邱宸守住了自己最初的承诺，这个微博就是为夏知瑾一个人而写，不会做任何其他用途。

邱宸曾经是一个标准的宅男。可是现在，他不是了。每天下了班，他就拿着相机，在街头溜达。好的创意往往稍纵即逝，他需要敏锐的嗅觉，才能捕捉到。

一天，他在张江高科技园区溜达，路过一间国家储备糖库，仓库粉白的墙体上写了一行朱红色的字：国家储备库重地，严禁一切商业行为。而与之形成巨大反差的是，在储备库门口就立着一张告示：院内仓库出租，蔗糖出售。

邱宸马上抓拍下来，发到微博上。

有一天，上海下大雨，一位女士骑着电动车，电动车的后座上绑了一把巨大的太阳伞。女士从他身边经过，拉风极了。邱宸也抓拍下来，发到了微博上。

在短短两周内，@有门微博已经发送了上百条原创微博，每条微博都配有现场照片。内容很杂，有针砭时弊的，有搞笑拉风的，有唯美的。这种方式取得了很不错的效果，@有门微博的粉丝数已经达到3000多。

这3000多粉丝中，袁胖子贡献了20个。他拍摄了一张MBA学院的照片，配上文字发给了邱宸：全中国名字最悲催的学院，你懂的。

按照微博理论，3000粉丝的微博，只能算是个布告栏。

不过邱宸很有信心，把布告栏变成一本杂志，继而发展成一份都市报，甚至弄成一份全国性报纸。

热麦的麻烦远未结束。

这意味着夏知瑾没有更多时间照顾到失恋的悲伤，邱宸觉得这是好事。但是，他忽略了一件事，刚走了豺狼，又来了猛虎。

这猛虎，就在身边。

自从夏知瑾发现了邱宸的内秀后，遇到犹豫不决的事情，总会想听听邱宸的意见。邱宸暗自窃喜。夏知瑾已经习惯了歪头就问："哎，木头兄，你觉得这件事如何如何？"时间久了，夏知瑾就习惯了有邱宸在身边，邱宸也乐此不疲。

更为利好的一个消息，从公司人力资源部传来：调邱宸去公关部。邱宸成了夏知瑾团队的一员。

这是夏知瑾向公司提出的。她觉得自己越来越依赖这块木头了。

邱宸到岗后，夏知瑾征求他的意见，问他想负责哪一块工作。邱宸挑选了@热麦官方微博的维护。邱宸之所以选择这个岗位，也掺杂个人的考虑。

他可以真刀真枪地从维护公司微博的工作中，学习到更多关于微博营销的内容。而邱宸的内秀，很快就体现在官方微博的内容上。两者相得益彰。

之前，公司的官方微博行文比较正式，缺乏图片支持。邱宸向夏知瑾建议，改变呆板的行文风格，增加图片量。夏知瑾提请公司同意后，支持了他这一建议。

邱宸可以把公司的官方微博作为试验田了。

当是时，郭向平正忙着处理热麦与A公司的官司，夏知瑾是郭向平的主要助手。正当为官司焦头烂额时，前段时间在微博上投诉热麦卖假货的几个人又跳出来了，他们声称手里握有证据，证明热麦试图以封口费的形式让他们闭嘴。

祸不单行今夜行。

郭向平在办公会上大为恼火。他已经通过自己的渠道，获知这一系列的事端都是热麦的竞争对手策划的。

前段时间这几个枪手之所以接受了夏知瑾提出的条件，一方面是对手的网站上尚有渠道不明的店铺，容易落下口实；一方面是想握住热麦的把柄。现在，这件事配合A公司诉讼案件，双管齐下，令热麦相当难堪。

这是热麦成立以来，遇到的最棘手的一次危机。

夏知瑾挠着头，站在邱宸的办公桌前："木头哥，怎么办？"

邱宸摊摊手，摇了摇头。

邱宸此刻比夏知瑾还着急，他巴不得自己会魔法，突然想到一个极巧妙的主意，一切问题迎刃而解，在夏知瑾面前再赚些印象分。可是，现在他的脑袋里空空如也，一点思路也没有。

官司必输，小鬼又难缠。这可怎么办呢？

要想打赢官司，从目前的形势来看是不可能了，唯一的办法是与A公司达成和解协议。可是，这和解条件是什么呢？

想赶走小鬼，唯一的办法是搞定小鬼背后的大鬼——BEBE公司，可是商场上，竞争对手就是死敌，没办法搞定的。

邱宸晚上回家，还在想着这件事。如果他能想到办法，他在夏知瑾心目中的形象会高大一大截儿呢。

这两件事其实是一件事，这是邱宸得出的结论。

既然是一件事，也就意味着只需想到一个办法，就能一箭双雕，把两件事同时搞定。

目前，国内的电子商务市场，前五名能占到总市场的80%以上份额。而BEBE独占鳌头，占了约30%的市场；热麦紧随其后，大约有18%的份额。BEBE之所以单独对热麦下手，也是想通过做掉热麦，拉开与第二梯队的距离。

而且，BEBE已经意识到，热麦在获得美国股东的注资后，已经成为BEBE最大的竞争对手。

想到这里，邱宸脑子里的思路越来越清晰了。想同时搞定两件事，其实只需搞定BEBE即可。

怎么搞定BEBE呢？

联手！

唯有使BEBE和热麦联手，才能解决问题。

热麦抛出什么样的条件，才能让BEBE动心，使这两家竞争对手，变成合作关系呢？

恐怕只有合并或者互相持股了吧。

这连想都别想。

郭向平这几天像是受刺激了，他吩咐邱宸通过@热麦官方微博做了两件事。一件事是宣布热麦将彻底清理非官方授权渠道的店铺；第二件事比较不靠谱，他居然让邱宸用淘宝体写了如下一条微博：

@热麦官方微博：亲，冤冤相报何时了，不如各吃各家草；光明磊落做生意，你好我好大家好。此条消息免费哦，包邮哦！你说呢，亲？@BEBE官方微博

此条消息一出，立刻引发了微博围观。最有趣的是，BEBE的老总姓牛，说各吃各家草，才欢乐了。

看热闹的不怕事大，口号齐刷刷地喊BEBE牛总出来回应。

BEBE也毫不含糊，立刻用淘宝体回了一条。

@BEBE官方微博：亲，自家草料自家配，自家养牛自家喂；来路不明一顿吃，最终伤了自己胃。亲，这条也包邮哦！嘻嘻！@热麦官方微博

　　其实，这个时候，外界并不清楚热麦遇到的公关危机，只以为是两家竞争对手在对骂。

　　这在微博上是常有的事。

　　周六，袁胖子过来跟邱宸辞别，他要去美国待几个月，美其名曰专心写MBA的毕业论文。

　　袁胖子说："兄弟，赶紧用有门微博给我搞出点东西来，我好有得写啊。"

　　邱宸无奈地说："这几个月在养账号，没东西做。你不能拔苗助长啊。如果真没得写，我建议你去研究其他几个做微博营销比较成功的，看看他们的经典案例。"

　　袁胖子说："只能如此。"

　　邱宸问袁胖子："想静心写论文，去北欧不比去美国好？总感觉美国挺闹的。"

　　袁胖子说："美国闹是闹了点，不过容易激发思想。你知道为什么美国牛吗？"

　　邱宸表示不知道。

　　袁胖子往椅背上一靠："据我深邃入里的观察，我发现，美国的很多东西都是以'二'为基础的，美国之所以牛恰恰是因为美国约等于二，是个不折不扣的二货！"

　　邱宸赶忙表示很愿意洗耳恭听。

　　袁胖子很得意："你看啊。美国是两党执政对吧？最牛的快餐有麦当劳和肯德基两家对吧？最牛的可乐有可口可乐和百事对吧？最牛的汽车有通用和福特对吧？"

　　邱宸想想也是。

　　袁胖子继续他的理论："犹太人相信二八定律，也就是说任何事永远都是20%的少数控制80%的多数。我倒觉得，美国人只二不八，也能很好。美国最顶尖的东西，都是两家在控制，这点在企业界体现得尤其明显。"

邱宸这次是真的愿意恭维袁胖子了。因为袁胖子的这番话给了他很大的启示。

按照袁胖子的理论,任何一个领域,竞争来竞争去,打来打去,最后都可能只剩下两家最强的。如果把这个理论用在电子商务领域,五年后,十年后,会剩下哪两家呢?

如果热麦和BEBE的老板认同这个理论,联手做掉其他家,会是什么情况呢?

邱宸想到这里,兴奋了。

邱宸用@有门微博把他和袁胖子的这个理论发到微博上,并@了@热麦官方微博和@BEBE官方微博。发微博的时候,邱宸留有分寸,并未提及任何关于热麦此次危机的事情,当然更不会提BEBE背后对热麦下黑手的揣测。

如果邱宸能想到这条微博会让郭向平火冒三丈,他可能会慎重考虑发与不发。

可是,微博已经发出去了。如同泼出去的水,收是收不回来了。

周一下午,郭向平临时召开了内部会。

会议刚开始,郭向平就拍了桌子:"公关部马上去给我查查,有门微博是哪路神仙?"

说完,郭向平想了想:"我自己来吧。公关部从现在起,停止一切关于A公司官司的努力,直到得到我的最新指示!"

这个会开得莫名其妙,郭向平发了一顿火就散会了。

谁也不明就里,一头雾水。

事情当然不算完。@有门微博发了这条消息后,网友纷纷猜测,众说纷纭。有消息灵通的,爆料说,最近BEBE暗地里摆了热麦一道,热麦不好公开回击,只好吃了哑巴亏,在微博上提醒BEBE注意分寸。

甚至有网友猜测说,两家一合计,达成了一项联手做掉国内其他电子商务网站的秘密合作协议。

各种版本，一时间漫天谣传。中国人向来是热心的，无关自己的事，反而更兴致勃勃。

倒是邱宸纳闷了。

他觉得网友这么一添油加醋，对热麦是件好事，说不定两家真的就合作了呢？郭向平发的哪门子火呢？

这条微博的另一条显著效应是@有门微博火了。

有人猜测，这个微博账号其实是BEBE和热麦雇佣的幕后推手。有人推测，这个账号其实就是两家公司的小号。等等不一。

@有门微博的粉丝量突然从3000多，涨到了20000多。

邱宸不知该喜还是该忧。

他马上把这件事告诉了袁胖子，让他多留心，别翻船。因为，实名认证的时候，用的是袁胖子的身份信息。

袁胖子说，早就关注到了这件事，他会谨慎处理。

周二，夏知瑾把调查结果汇报给了郭向平。

"这个账号不久前注册，注册人叫袁成刚，上海本地人，父亲袁奎山在上海经营酒店业，资产上亿。袁成刚本人目前在读MBA。无其他背景资料。"

郭向平听完，哦了一声。

郭向平当然认识袁奎山，这个人做经济型连锁酒店，在业内很是知名。只不过，因为没有业务往来，因此极少打交道。他儿子注册这个微博意图何在？他的信息渠道是从哪来的？

郭向平考虑了许久，示意散会。

邱宸和夏知瑾互相看了一眼，都不明白郭总的意图。

回到办公室，夏知瑾悄悄地跟邱宸说，其实@有门微博的这条建议非常好，如果BEBE和热麦能达成协议，不但能化解热麦的危机，而且对这两家的市场地位有极大的巩固。

邱宸摇摇头说，这太难了，中国人跟外国人思维不一样，历史上中国人的血液里没有合作共赢的基因，只有一家独大的想法。卧榻之侧，岂容他人酣睡？

这个想法是邱宸发了微博后才考虑到的。

不过，他还是很欣慰，夏知瑾能认可这条微博内容。

夏知瑾说："我真想认识认识这个袁成刚，人家不愧是读MBA的，观察事情比我们公司内部人还独到。"

接下来，郭向平会对袁成刚有什么动作呢？邱宸很担心。

周四的时候，郭向平给夏知瑾下了任务，让她约A公司中华大区的经理。

郭向平要亲自出马了，夏知瑾猜测。

会议定在周五上午10点，郭向平一个人在会议室会见了A公司张海经理。一个小时后，郭向平送客。然后，他向公司宣布了一件事情，热麦和A公司达成了谅解备忘录，A公司撤销对热麦的起诉，同时，A公司会在热麦设立官方店铺，以此作为A公司的体育运动产品在热麦的唯一授权许可人。热麦将不再允许其他任何人在其网站上经营A公司的产品。

作为撤诉条件，A公司在热麦的销售扣点，比其他店铺低20%。

郭向平授意邱宸，在微博上发布这一消息。

@热麦官方微博：今天，热麦与国际知名运动品牌A达成了战略合作协议，A将在热麦电子商务平台开设官方店铺。这一双赢的合作，将给中国电子商务平台的发展带来新的模式，给电商平台、商标权益人、买家三方带来品质、价格和渠道等多方利好。

短短几十字，可是郭向平精心斟酌的。

当天晚上，@BEBE官方微博也发布了一条内容极其相似的微博。

@BEBE官方微博：今天，BEBE与国际知名运动品牌B达成了战略合作协议，B将在BEBE电子商务平台开设官方店铺。合作后，将更有效地保护商标持有人的权益、维护BEBE电商平台的信誉、保护买家的个人利益。除B外，BEBE将不再允许其他任何经营人在BEBE平台销售B产品。

这一天，应该是电商平台一个具有纪念意义的大日子。

从这一天起，国内各大电商企业陆续与大部分知名品牌签署了官方销售合作协议。而细心者应该能发现，有些品牌只在BEBE和热麦能看得到，在其他电商平台是没有他们的官方店铺的。

当然，不细心和不关心的人占了90%。大家都是走过路过看热闹的人，只看运动品牌界的肯德基和麦当劳如何抉择。邱宸属于那10%中的一员。

邱宸发现，国际上最知名的五家体育品牌、国内三家知名体育品牌，只在热麦和BEBE有官方店铺。其中，就包括A公司。

邱宸考虑了好长时间，未能参透其中的玄机，只知道热麦和BEBE一定是达成了某种私下的默契，偷偷实现了他和袁胖子讨论过的"二"理论。

@有门微博是这次事件的受益者，因为这件事，它的粉丝数飙到了20000多。而真正让@有门微博正式开展业务，则是一条关于火车站电子显示屏的微博。

热麦在陇南文县捐建学校的公益活动，终于在10月的第一周见到了成效。热麦第一小学举行落成典礼，郭向平带着夏知瑾和邱宸出席剪彩仪式。邱宸之所以有机会参加，完全是因为他现在负责@热麦官方微博所有内容的发布和维护。

在坐火车去甘肃的路上，中途路过一个停靠站。就在短短的三分钟停靠时间内，邱宸抓住了一条极有传播效果的视频。

当时，火车正在那个站停靠上下客，火车站的电子大屏突然开始播放火车站的实时监控录像。第一个摄像头的位置在站台，一个白衣男子抢了一个女士的坤包后，翻越站台栏杆，冲进了候车室。视频里传来铁路派出所指挥中心的声音：切到候车室，切到候车室！第二个摄像头在候车室，白衣男子混入人群，向火车站广场跑去。指挥中心的声音再次响起：所有站内值班民警马上去广场西侧出口，抓捕一名穿白衣服的男子，身高170厘米，染红色头发，戴黑色墨镜！镜头也切到了广场，一分钟后，三名民警迅速制服了那名抢劫分子。

邱宸当时就坐在窗边。夏知瑾坐在对面，郭向平坐在另外一排，两人都睡着了。邱宸则举起了手机，抓拍了电子大屏上正在播放的这段录像，录像只有五分钟时间。

他当然不能告诉夏知瑾这段视频的存在，因为他要发到@有门微博上去。他不能让热麦任何人知道这个微博是他和袁胖子弄的。

邱宸回上海后，先做了视频处理，把带有电子屏厂商LOGO的部分马赛克掉。然后给该厂商打电话，自报家门，说是做微博营销的@有门微博，现在手头有一则抓拍视频，然后讲了事情的经过，提出了自己的建议。

对方提出要先看视频。

邱宸发送了做过处理的视频给对方。

对方提出面谈。

厂家在上海，邱宸抽时间过去了一趟，对方很痛快地答应了邱宸的建议，并签署了协议。

邱宸的条件是，把视频发到视频网站和微博上，视频网站每点击一次、微博每转发一条，厂家均需支付@有门微博人民币1块钱。

邱宸把视频上传到网站上，然后第一时间更新了微博。

@有门微博：洛阳火车站的显示屏太给力了，看现场版的《警察与小偷》。(视频链接)

这条微博因为配了视频，短短十几分钟内，被疯狂转发800多次，24小时后转发量已经超过了20000次，网站视频点击率超过了50000次。

邱宸给袁胖子打电话，说工作室赚到了第一笔钱。

袁胖子说："真他妈给力！"

这条以即时事件为背景的微博推广，很快就在圈内传开。毫无疑问，连邱宸自己都觉得这条广告做得，天时地利人和，各种要素都是在可遇不可求的时机下具备的。这是一个微博营销经典案例。

　　一周后，这条微博的转发量仍在上升，邱宸仅用一个加法，就算出了有门工作室一周的收入8.4万+12.5万=20.9万。

　　一人十万，对袁胖子来说，可能不算什么；但是对邱宸来讲，这是巨款。

Chapter 05

暗恋等于犯贱

@为你而微：

爱情就是一个汉堡。外表看上去都一样，其实
滋味都夹在中间。暗恋就是你身无分文的时候
看着橱窗上的汉堡广告，上半身都流口水了，
下半身却迈不进门。店里的店员开始对你热情
吆喝：您好！您要奥尔良烤鸡腿堡还是至珍七
虾堡？

　　夏知瑾跟邱宸说："老大真是深不可测，我糊涂了。"

　　邱宸也糊涂，那么大的危机，他一个工作日就搞定了。

　　夏知瑾说："我就是想不通这件事，如果不是那个有门微博发了那条消息，恐怕我们下面人还得绞尽脑汁想办法打官司呢。老大突然就出手了，危机突然就化解了，真是神奇啊。"

　　邱宸问："你觉得是那条微博促使老大快刀斩乱麻么？"

　　夏知瑾摇摇头："不想了，浪费脑细胞，晚上还得留着精力陪客户。"

　　邱宸看了夏知瑾一眼，问道："什么客户？"

　　夏知瑾说："就是那几家在热麦开官方店铺的运动品牌。"

　　邱宸故作淡定地问了一句："大场面啊，谁参加？"

　　夏知瑾说："老大通知我去，其他人不知道。"

　　最近郭向平与公关部走得特别近，确切地说，是跟夏知瑾的工作关系越发密切。邱宸心里隐隐有些酸，却觉得自己酸得毫无道理。

　　下班回家，百无聊赖。

　　他想象着夏知瑾会不会喝很多酒，酒桌上有没有咸猪手……

　　想得心乱如麻。

　　夏知瑾的微博好几天没更新了，邱宸刷了无数次，每次都是失望。

虽然他知道微博上每天好玩的人和事，其实对他的人生毫无意义，但是他放不下微博，放不下微博的那个人。他也明白每天刷个几十次，就是犯贱了几十次。就这样，为了一份得不到的暗恋，邱宸犯贱了无数次。

@为你而微：我想告诉你一个好消息，可是现在还不行。你说，世界上最远的距离是什么？有人说，是天涯海角；有人说，是天人永隔；有人说，是对面相逢不相识。我觉得，最远的距离是天天在一起，你却不知道我爱你。

11点半的时候，夏知瑾更新了微博。

@盛夏之瑾：酒席上都是大人物，每个人都是CXO，所以我只能拼命地喝XO。每当酒入愁肠，我就想起了我刚刚失恋，我忧伤得七荤八素，上吐下泻。

@小曼：又喝大了你！要不要等会我去接你？

@盛夏之瑾：没事儿！老大一会送我！

小曼转为私信。

@小曼：矮油！你最近提起老大的次数明显增多哦，亲！不会有什么情况吧？

@盛夏之瑾：老男人不是我的菜！要不我给你介绍认识一下？我老大其实还是挺有魅力的哦，有性格，思想犀利，行动果断，稳重有成熟男人味儿！怎么样？

@小曼：姐对老男人也不感冒！姐最近喜欢上了一个有思想的闷骚小男人！

@盛夏之瑾：你说的不就是木头哥？哈哈！

@小曼：木头哥有点意思哦，闷骚的男人肚子里有货呢！不过，木头哥跟那小男人比起来，差远啦！不说了，我这里很多人。你注意尺度，别跟那群老男人玩火玩大了，有事叫姐，姐找人去接你！

邱宸看了微博，心里堵得慌。看看表，快12点了。

他情知睡不着了，索性起身，去MUSE酒吧。

邱宸打车过去，午夜场刚刚开始，人头攒动。这是邱宸第二次泡吧。

他找了一个最角落的角落，一个人坐下来，要了一杯黑方，加冰。他感觉自己坐在这里很突兀，影响了整个酒吧的格局。他既不潇洒，也不颓废，更不骚情。

在喧闹的世界里，安静越发显得格格不入。周围人都骚动着满怀的柔情，希冀着在酒吧的艳遇，唯独这个闷骚的人，一个人想着心事，不停地刷着微博，等待夏知瑾安然回家的消息。

第三杯黑方落肚的时候，已经是凌晨1点多，夏知瑾还没有消息。

他想打电话，可是号码太沉，他拨不出去。

@为你而微：她整个人消失在我的等待中……我只有执拗的空想，坚强的寂寞，虚伪的自信，心酸的欢笑，孤独地取悦自己！不是我不想让你知道我爱你，我只想当爱情大白时，让你知道，我配得上你。你可以觉察不到我的痴情，但，亲爱的，你一定要给我一样东西——时间，很短的时间足矣！

@为你而微：男人喝醉的时候最想的女人是谁，男人成功的时候最想和谁分享，男人登上高山时拍照与谁分享，谁就是他最爱的女人。今夜的MUSE酒吧，我醉了，你在哪里？

今夜的邱宸，彻底文艺了。

第五杯黑方，终于没能落入邱宸的肚中，他趴倒在那里。

早晨醒来时，他安然躺在自己家中，只穿着内裤。他一伸手就摸到了自己的手机。

他忘记了自己昨晚是怎么回家的，打车？还是步行？

他挺佩服自己的，居然能自己找到家门，回到家还能顺利地脱衣服睡觉。

送那块木头回家，把秦小曼累得不轻。她自己也喝了不少酒，不能开车。幸好，这块木头居然记得自己的住处。

从MUSE出门，打车过去。木头兄如一块烂泥，秦小曼扶着他，一步一晃地上楼，从他的衣兜里掏出钥匙，开门，拖进去，搬到床上，给他脱衣服，用毛巾擦脸。他依然睡得跟死猪一样，不能喝，还非要装。

秦小曼心想，我多少年没这么伺候人了。

可是，今天，她心甘情愿地伺候这块木头。

她也不知道自己是怎么了。

6月2日，一个名叫@为你而微的新账号主动加了@小慢关注。刚开始她并没有在意这个账号。

@小慢的粉丝很多，大概有八九千。这些粉丝中，有相当一部分是名表发烧友。她偶然注意到这个账号，觉得里面几篇微博有些意思，于是粗略地翻看了前面的微博。谁知这一看，竟然就是两个小时。她从他的第一条微博开始，看到了最后一条，连每一条评论她都没放过。

这个世上居然还有如此害羞、内秀的男孩子！

这个世上居然还有如此痴情、执着的男孩子！

这个世上居然还有如此有才情、有思想的男孩子！

从那天起，她也养成了刷微博的习惯，为的是第一时间看到@为你而微的更新。

很明显，这个男孩子开微博完全是为了一个女孩子。这个幸福又茫然不知的女孩子，她如果知道，该有多么错愕和惊喜？

她看惯了虚情假意，看惯了逢场作戏。如此原生态、有创意的爱情心路，让她再次相信爱情了。

她好多次都情不自禁地想转发，想评论，想私信他。可是最终她选择了默默关注。

惦记，是一个很有杀伤力的词。一个人，一旦惦记上另一个人，那就基本无可救药了。

她世故圆滑的内心，突然被这个男孩子切开了一条缝，流露出了她丢失多年的纯真。

她也猜想过这个男孩子的身世，他的家庭背景，他的住所。但是，她从未想到过，他就在上海，就在她身边。

她惦记他已经好几个月了。

秦小曼今晚去MUSE泡吧，她经常去这家店。当她看到@为你而微更新了今晚第二条微博时，她马上起身，巡视整个酒吧。

然后，她发现了邱宸。邱宸当时就趴在一个角落里，醉酒，昏昏睡去。手机滑落在桌子上，她上前想摇醒他。可是，手机屏幕上，微博主页的一行内容让她停止了叫醒他的念头。

她安静地坐下来，看着这条微博。

她无法形容自己当时的内心。

邱宸就是@为你而微！

这块木头，就是自己惦记了这么久的@为你而微！

看着他为另一个女孩独自买醉，她的心很复杂。她爱恋他，她爱怜他；她羡慕她，她嫉妒她。

她起身，先去吧台结账，然后扶着不省人事的邱宸出了酒吧。

他居然记得自己的住处。

她服侍他安睡。她一点也不避讳，自己给邱宸脱鞋子，脱裤子，擦脸。她是熟女了，她什么没见过。

看着他安然睡去，她坐在地板上，翻看着邱宸的每一条微博。

一个女孩的身影渐渐清晰，出现在她的脑海里。这个女孩就是夏知瑾，她的闺蜜。

没错，邱宸暗恋的就是夏知瑾。她拿起电话，想告诉夏知瑾，让她过来看看这个痴情如一的男人。可是，她犹豫了。

夏知瑾是绝对不会爱上一个闷骚宅男的，她自欺欺人地安慰自己。夏知瑾喜欢的男人是成熟、成功、智慧、有生活品位的，一个初出茅庐的小伙子绝对不是她的最佳选择。

秦小曼关掉@为你而微的微博，却发现了另一个——@有门微博。

@有门微博，她太喜欢了。每当自己不高兴的时候，就会打开@有门微博，看着上面各种欢乐的图片和内容，坏心情马上就会一扫而光。而这个微博的主人，居然也是邱宸。

她在这一刻，已经确认自己会毫不犹豫地对这个男人下手。

夏知瑾，她没有机会了。

秦小曼今年29岁，她自己觉得正是风华正茂的年龄。她深谙人情世故，她妩媚优雅，她成熟迷人，她事业有成，她是上海滩小有名气的名表收藏者。收藏名表，经营名表，让她在上海这个大都会有了自己的位置。

她父母是复旦大学的教授，她从小锦衣玉食，她几乎能得到任何她想要的东西。

可是，过了爱做梦的年纪后，确切地说，是25岁以后，她却从未得到过一样东西——真正的爱情。

也许是她的光环太过耀眼，刺痛了人眼，迷惑了人心。她从未得到过如邱宸这般的痴情。一个女人一辈子能获得的痴情有很多次，而自己能接受的只有一次，如果你爱的男人对你如此痴情，你绝对不能放手让他离去。

她对这个小他两岁的男人动心了，早就动心了。

此刻，她就坐在这个男人身边，这个男人正为了另一个女人伤心买醉却不胜酒力，昏昏地睡着了。

秦小曼看了邱宸一眼，这块儿木头长得也不是那么矬，眉宇间甚至有些俊秀。他脑子里整天在琢磨什么啊，怎么装了那么多东西？

秦小曼坐到凌晨4点，确信他不会再有事，这才起身，离开了他的住所。既然他需要一次唯美而纯洁的爱情，那么她就成全他，不偷偷亲他了。

回到家，秦小曼注册了一个新的微博账号：@剪刀木头布，并关注了@有门微博。

她决定玩一次纯洁浪漫。

邱宸睡到早上7点，猛地睁开眼。

他要做的第一件事就是打开手机，刷微博。他骂自己该死，居然睡着了。

夏知瑾早上6点发了一条微博，让邱宸揪心不已。

@盛夏之瑾：哦买糕的！

邱宸看了这短短几个字，心就像被抓出来了一样。她昨晚几点结束的酒场？回没回家？为什么一大早就惊呼？她到底遇到了什么事？

邱宸此时没有别的办法，唯一的渠道就是等@小慢跟夏知瑾在微博上互动。

过了一会儿，秦小曼果然回了。

@小慢：怎么了，一大早起来就大呼小叫的？昨晚几点回去的？

秦小曼在回这条微博的时候，刚刚回到家洗完澡，正在吃早饭。她的心里也纠结了一下，这次的纠结却明显有些小私心了。她非常明白，昨晚夏知瑾喝酒到那么晚，很可能有情况。她应该私信问夏知瑾的，可是她没有。

邱宸等了20分钟，并没有她俩在微博上的任何消息。

邱宸更加坐立不安了。夏知瑾一定是私信秦小曼或者直接打电话了。这就意味着昨晚一定有事发生。

邱宸茶饭不思，心就像被猴儿挠了一样。

他匆匆地洗澡后，直奔单位。

他现在对郭向平充满了敌意，对夏知瑾满心的爱恨交织。他坐在自己的座位上，脸色一定很难看。

8点一刻，夏知瑾才姗姗来到办公室。

以往，她一定会找一个目标，先调侃一下。今天，她很憔悴，默默地走到自己的座位上，安静地坐下来，甚至没看一眼邱宸。

邱宸忍了一上午，满脑子爱恨情仇。

中午吃饭的时候，他终于忍不住了，故作轻松地问夏知瑾："昨晚进行得怎么样？"

夏知瑾很尴尬地捋了捋头发，装作若无其事，淡淡地回答："没什么，就是吃饭喝酒。"

邱宸心想，夏知瑾要是跟他吐苦水，说自己如何喝多了，如何狼狈不堪地回到家之类，他一定会马上心情明朗，并安慰她，甚至跟她开玩笑，叫她以后别喝那么多。他内心盼望着夏知瑾这样回答。

可是，他得到的回答在他看来就是拙劣的掩饰。

邱宸感觉自己的心在滴血，嘴里的饭如同嚼蜡。他匆匆地吃了两口，逃离了餐厅。他忍受不了夏知瑾为了掩饰而敷衍他的眼神。

他早就觉察到郭向平最近跟夏知瑾走得很近。这个死老男人！

他已经认定昨晚夏知瑾跟郭向平有事情。

中午休息的时候，他在楼下的院子里转来转去。他要证实，哪怕真实的结果如他想象的那样。秦小曼一定知道昨晚夏知瑾发生了什么事。

他拨通了秦小曼的电话。

"木头兄啊，怎么有时间给我打电话？"秦小曼看到来电的那一瞬间，已经明白了邱宸找他什么事。

"小曼姐，嗯……那个……夏知瑾怎么了，我看她一上午都没精打采的。不是病了吧？"邱宸犹豫了一下，还是编了一个看似不经意的理由。

"没事啊。她昨晚陪客户喝酒了，你不知道？可能稍微喝得多了些。"

"哦，我知道，我知道。"

"呵呵，你还挺关心她的。没事，没事，放心好了。"

秦小曼这接连几个含糊的没事没事，却越发让邱宸觉得夏知瑾昨晚一定有事。秦小曼是她的闺蜜，她怎么可能跟邱宸说实话呢。

早上，秦小曼微博上问夏知瑾什么事，夏知瑾马上给秦小曼拨了电话，她不可能把自己昨晚的遭遇公布在微博上。

昨晚，郭向平陪客户喝酒喝到很晚。

夏知瑾也不知道几点结束的，早晨5点一睁眼，自己就躺在一个陌生的环境里。她惊跳起来，发现自己身上的衣服还在。她安定了一下情绪，看了一圈，床头柜上摆着香格里拉的酒店LOGO，这是香格里拉酒店客房！

她马上冲进洗手间，关上门，脱掉衣服，内衣的印痕很明显，胸衣扣儿也是在第二个扣眼儿上。她这才稍稍舒了一口气。

她实在记不起昨晚是怎么到这间酒店的。

她匆匆下楼，到服务台查看了订房信息。

登记人是郭向平，凌晨2点开房。

2点开房，现在6点半。四个小时，天哪。

夏知瑾感觉自己不应该在这里多待一分钟，她要退房。

服务台小姐说："郭先生已经给您预订了早餐，这边请。"大堂服务员引着夏知瑾向餐厅走去。

夏知瑾老远就看见郭向平坐在里面，冲她微笑。

他昨晚住在哪里？怎么这么早就在这等着了？夏知瑾心里有种预感，如果她现在走过去，跟郭向平坐在一起，那么从这一刻起，她和郭向平就不再是单纯的上下级关系了。

郭向平倒是很坦然，很绅士地示意她坐下后，说："不好意思，昨晚客户太能喝了。你也喝了不少，我不知道你的住处，没办法只好送你来这里委屈一晚。昨晚睡得还行吧？"

这番话是不是就可以认为郭向平昨晚把她送到后，就一个人离开酒店了？那么自己是怎么上的车，怎么上的楼，怎么进的酒店房间，怎么躺下的？这一连串的问题，让夏知瑾心烦。

郭向平呵呵一笑："快吃早餐吧。昨晚我让酒店女服务员扶你上楼休息，你确实喝多了。"

夏知瑾宁愿相信郭向平这番话是真的。

夏知瑾匆匆吃了两口饭，郭向平就一直坐在对面，笑吟吟地看着她，看得她很不自在。过一会儿，郭向平起身说："我吃饱了，你慢慢吃，一会我让司机来接你。"

夏知瑾呆呆地吃着饭。

这一次在外夜不归宿，跟上次在邱宸家，完全不是一码事。她相信邱宸那块木头，她觉得踏实。可是这次完全不一样，她能从郭向平的眼神里看出来些什么。女人的感觉是很准的。

当然，这种感觉并不是郭向平一定对她做了什么，而是郭向平一定想跟她有点什么。

他有家室。

平心而论，郭向平是一个很令她钦佩的上司，不论从工作能力、经营理念还是个人性格来看，他都是一个十分吸引人的男人。一个成熟的男人总会让女孩子为他着迷，夏知瑾在失恋之后一直抗拒着这种男人给她带来的吸引。

秦小曼挂了邱宸的电话，她有些后悔。她觉得自己不该故意含糊地强调没事，她明白这会让邱宸更加觉得此地无银三百两。

她想给邱宸回拨过去，跟他说明情况。可是，怎么跟他说呢，说夏知瑾昨晚被人送到酒店住了一晚？那邱宸还不疯了？即便夏知瑾是清白的，谁会相信？所以，秦小曼想了想，还是作罢。

看造化吧。

秦小曼也不知道昨晚夏知瑾到底发生了什么事，连夏知瑾自己都不确定有没有事情。

夏知瑾整一上午都没心思上班，她的脑子里一直是昨晚喝酒的场面，一直是自己在酒店醒来的场景。她暗骂自己对公场合喝酒太爽快。

下午，公司有个公告要通过官方微博发布，她如往常一样，笑嘻嘻地走到邱宸办公桌旁边："木头，把这个公告加工成'大腕'体，发出去哦，亲！"

邱宸头也不抬，不耐烦地说："没时间。"

夏知瑾被邱宸的态度惹上了莫名的火儿："让你干个活儿，什么态度？谁惹你了？"

邱宸依旧不抬头："忙着呢。"

夏知瑾彻底火了："发微博就是你的活儿，你比老总还忙？"

夏知瑾不提老总也罢，一提老总，邱宸彻底被激怒了："对，老总不忙，他有的是时间，你让老总发去啊，反正你也指使得动他。"

夏知瑾啪一声，把材料甩邱宸桌子上："有本事你别发。"

邱宸噌地一下站起来，甩手出了办公室。

在外面站了一会儿，他又开始担心夏知瑾生自己气。他懊恼，又不愿意妥协。妥协，意味着自己纯洁的爱慕被昨晚的事玷污了。

邱宸心情烦躁。

夏知瑾被邱宸激了一肚子火儿没处发，加上昨天晚上的事情，她毕竟是个女孩子，眼泪吧嗒吧嗒地掉下来。

也巧了，恰好郭向平闲来无事，想过来看看夏知瑾。

看到夏知瑾掉眼泪，郭向平问了一句："怎么了？"

夏知瑾赶忙擦了眼泪："没事儿。"

郭向平看了一眼夏知瑾，自己回了董事长办公室。他故意拖延了一会儿，打电话给公关部的小王，让她过去一趟。

小王如实地把刚才的事情说了一遍。

郭向平又让小王把夏知瑾叫到办公室，微笑着问她："你是公关部的经理，如果每个员工都给你脸色看，你的工作就很难进行。这样吧，我扣邱宸半个月奖金，你看行吧？"

夏知瑾连忙说："没事儿。邱宸也不是故意的。真的没事。"

郭向平说："那怎么行？一个部门的领导要是没了权威，工作是很难进行的。这不是照顾个人关系的时候。"

夏知瑾真的不想因为这件事，影响了自己和邱宸的关系："郭总，真的没事儿。邱宸平时工作很出色，也是我把他从设计部要过来的，他可能遇到了不大顺心的事吧。真的没事儿。"

郭向平点点头："行，只要有利于你工作。"

夏知瑾觉得郭向平这种处理方式很体贴。

不多久，这件事就传到了邱宸耳中。邱宸心里发狠说，谁要你的人情了，你罚好了，最好开除我。

下午下班，夏知瑾拦住邱宸。

"你怎么了？"

"没怎么。"

"我惹你了？"

"不敢当，大小姐。"

"你分明是对我有意见。"

"我是对你有意见。怎么了？"

"我哪儿做得不对，你可以跟我说，别给我甩脸子！"

"我哪敢啊。"

"靠，什么玩意儿。爱说不说。"夏知瑾转身走了。

夏知瑾刚走，邱宸就后悔自己只顾一时痛快。

邱宸拼了命追寻的，不就是夏知瑾的心吗。她心里没有别人，你就拼命地爱她，她心里有别人，你就和自己拼命吧。

夏知瑾给秦小曼打电话："出来，陪我喝酒。郁闷。"

"又怎么了？"

"还不是那块木头，莫名其妙，今天跟我杠上了。"

秦小曼听了，心里一阵小暗喜。自从她知道邱宸就是@为你而微后，她能直白地感觉到自己对夏知瑾的态度有了变化。这让她不安，夏知瑾是她的闺蜜啊。两个女人同时喜欢一个男人，但是又不能挑明，再好的闺蜜之间都会有那么点的尴尬。

秦小曼在等夏知瑾的空当做了一个决定。除了邱宸开微博的事，其他的她都不对夏知瑾隐瞒，当然也不刻意撮合。

两人见了面，秦小曼就跟夏知瑾说："今天中午，邱宸打电话问你昨晚喝酒的情况了。"

"啊？问我干吗？"

"你也是块木头！他关心你呗！"

"靠，有这么关心的么？见了面，让他干个活儿，就跟吃了火药似的。真是莫名其妙，气死我了。"

"别生气了，我叫他过来？"

"千万别，我现在不想看他那张臭脸。"

"他其实很关心你的，要不会打听你的情况。依我看，他对你有想法。知道你昨晚陪一帮男人应酬，很担心你。"

"哈，对我有想法？省省吧，我现在对任何男人都不感冒。"

"木头兄很不错，你没发现么？"

"哈，我替你牵线吧。"

"去你的，你不要的才扔给我，我像嫁不出去的人么？即便要，我也不会让你施舍。"

"别说，木头兄真不错呢。别看他闷骚，这人挺有想法的呢。"

"改主意了？"

"拉倒吧，我跟他不来电。气死我了，闷骚男，伤不起，惹不起，我躲着，行了吧？"

夏知瑾嘴上这么说，回到家躺在床上，还是忍不住想起邱宸这块木头。他居然敢跟自己抬杠，总算是有点性格了。

夏知瑾觉得，男人要是没有性格，就不能算男人，这样的男人她是决计不会喜欢的。秦小曼说邱宸喜欢自己，嗯，有人喜欢的感觉也不错呢。在失去一段恋情之后，一个成熟的男人，能干稳重有安全感，能够时刻照顾自己，虽然听说他已经结婚，但是夏知瑾丝毫不能否认自己对郭向平的仰慕。一个愣头小伙子，聪明诚恳又单纯，做朋友还是不错的，但是没有事业没有积累。男人么总是成熟一点好。

没有肉体欲望的喜欢，不是真正的喜欢。那么，我对这块木头有肉欲之贪么？有点，不明显。这块木头要是一直这么有性格，说不定哪天真的会爱上他呢。

或者，选一个可以让自己疯狂的人。这块木头还没有什么表现值得我去疯狂，这说明，我还没真正喜欢上他。

Chapter 06

野百合也有春天

@为你而微：

女人对男人总是不满意的。晚上9点回家，她会问，这个时候回来，又去赌钱了吧？晚上12点回家，她会问，这个时候回来，又去哪鬼混了？晚上6点回家，她会说，真没出息，这么早回家干吗？男人应该知足，至少这个女人每时每刻都在关注你。

第二天上班，郭向平把夏知瑾单独叫到办公室。

夏知瑾现在有些回避跟郭向平独处，有点喜欢上老板可不是件好事，可是，工作，没办法。

郭向平看见夏知瑾进来，微笑着指了指桌子上的一摞材料："你去查查这个微博。"

夏知瑾拿过资料，大概翻了一遍，是@有门微博全部的资料。

郭向平顿了顿，很平和地说："还记得前段时间公司的危机吧？"

夏知瑾点点头。

"既然你现在身为公司公关部的经理，对公司的一些重大决策，你有知情权。热麦公司的店铺，是我们的主营业务。但是，这些店铺良莠不齐，其中不乏假货、渠道不明的货品。这些店铺会严重影响热麦的长期发展。我们不能让一粒老鼠屎，坏了一锅汤，你明白吧？"

夏知瑾点点头："是的，清理非正常渠道进货店铺，势在必行，否则公关部每天的任务就是处理投诉了。"

郭向平嗯了一声："没错。但是，大规模地撤掉这些店铺，一方面会影响热麦的赢利；更重要的是，恐怕会引起店铺集体闹事。还记得前段时间，税务局勒令部分店铺补缴税款的事吧，在网络上就反响很强烈。撤店铺这种事，不能操之过急，必须先做舆论铺垫。"

夏知瑾突然想明白了前段时间公司危机的一些逻辑点。

"前段时间，您之所以不着急出面处理诉讼官司和微博投诉的事情，就是想让这些事情在网络上先发酵一段时间，让店铺卖家有心理准备？"

郭向平轻笑了一下，表示赞赏："没错。但是，还不是全部。现在BEBE和热麦，是国内排名第一和第二的两家电商公司。看似我们跟BEBE是竞争关系，但是，只有竞争，没有合作，是做不成大事的。"

夏知瑾此时才咋舌，她不敢想象这件事的背后策划人，竟然是BEBE和热麦两家公司的大BOSS。

"没错儿。从刚开始微博投诉热麦，到后来A公司起诉热麦，都是我和牛总设计好的。由牛总的BEBE雇佣水军，先在微博上投诉热麦，然后与A公司达成协议，A公司假装起诉热麦。舆论成熟后，热麦和BEBE跟这些品牌大公司签订战略合作协议。这些大公司的货品将只能在热麦和BEBE开设官方店铺。这对热麦和BEBE极为重要。"

"那这些公司损失很大。"

"怎么会呢？ BEBE和热麦占了他们网购份额的80%，而且我们给予他们很大幅度的优惠政策，给他们极低的网购扣点。这是三方共赢的事情。"

夏知瑾恍然大悟。她想明白了，郭向平为什么在得知@有门微博那条内容后，大发雷霆。因为，这条微博把热麦和BEBE的幕后计划提前曝光了，让他们的计划没形成更强烈的舆论铺垫。

"您怀疑有门微博从某个渠道，获知了热麦和BEBE的计划？"

"本来这件事，只有我和牛总，还有几个品牌供应商的大中华区老总知道。按常规，没有泄密的可能性。"

"说不定是有门微博参透了我们的意图呢？"

"不排除这个可能性，但是果真如此，那这袁成刚真是个极其厉害的高手。当然，更大的可能是，袁成刚从我们三方内部获取了内部消息。"

"所以您让我调查这个内鬼？"

"没错。如果这个内鬼存在，那对我们是很不利的。甚至热麦不定在哪天，会在这上面栽一个大跟头。这才是我那天发火的最大原因。现在我有时间回头处理这件事了，你要跟我一起。"

夏知瑾很感激郭向平对自己的信任。她可能是热麦内部除了郭向平，唯一知晓内幕的人了。同时，她又不想跟郭向平这么近。

"郭总，这个内鬼一定不是热麦的吧？"

"我几乎可以肯定不是。但是，无论他在哪，把他揪出来，我们才好预防。你的工作重点是查清楚有门微博的一切底细。而且，想揪出内鬼，只能从有门微博下手。"

郭向平的思路很清晰，也很对头。

"小夏，你思路清晰，反应敏捷，而且善于处理公司对外公关事务，公司很看好你。等处理完这件事，我准备安排你到其他业务部门锻炼一下，我希望自己身边有一个能独当一面的董事长助理。"郭向平略带赞许地跟夏知瑾说着。

夏知瑾很明白，董事长助理，是郭向平对她以后工作的目标要求。对一个刚毕业三年的女孩来说，工作能力能得到董事长如此的期许和认可，是一件值得高兴的事。夏知瑾也希望自己能在热麦有所作为。

郭向平点点头："去吧，尽快处理完这件事。"

回到公关部，夏知瑾瞅了一眼邱宸，像霜打的茄子。

邱宸此刻低着头。其实自从夏知瑾去了董事长办公室，他就一直巴巴地望着公关部的门口，以秒为单位，计算着夏知瑾什么时候能离开那间办公室。每一秒，对他都是一种煎熬。

可是，夏知瑾偏偏在那里足足待了一个小时。邱宸心里各种想象，伴随着嫉妒恨。男人的嫉妒有时候比女人来得更加没有理由，一点点痕迹都可能在男人心里像火一样蔓延开来。

人和人之间出现猜疑、怨恨、不满的最大原因是缺乏沟通，如果两个人都想着对方，有效的沟通远比独自的难过好很多，正常人通过面对面的沟通，可以解决80%以上的问题。但是男女之间永远无法好好沟通。邱宸是个木讷的人，他无法言说，连当着夏知瑾的面说句"我喜欢你"都不会。他在心中狠狠地抽了自己两巴掌，暗骂自己没出息。情绪需要发泄，微博是他最好的平台。

@为你而微：世间最有摧毁力的感情，不是爱情，不是亲情，是嫉妒恨。嫉妒恨让你失去判断力，失去勇气，失去自信。世间最持久的感情，不是爱情，不是亲情，是敌情，这感情无时无刻不在侵蚀着你的内心，让你痛苦难熬。

@为你而微：男人最不能忍受的是那一种想见不能见、想爱不能爱的感受，仿佛身处牢里，永无天亮之时，想要越狱，却没有任何的机会。但是爱一个人，身体里面总有一个声音来回反复响亮地说：你有力量，你就继续往前走；你不放弃，她总会喜欢你。她最终是你的。

写完这两条微博，邱宸又狠狠地骂了自己两句——没出息。就是没出息！心爱的女人在面前，他却只会选择通过微博暗诉衷情。他是这个世界上最窝囊的男人！

秦小曼看了邱宸的微博，却不那么想。她知道他陷入了对夏知瑾的猜疑泥淖中无法自拔。她爱他！上海滩名女人秦小曼没爱上高富帅，没爱上明星名流，却爱上了这样一款有点才华但连喜欢都说不出口的小男人。但是，她爱上了，可悲的是，这个小男人心中却有着其他的女人。深陷爱情中的女人，总是放大她心中的美，忽视那些不足。

她想帮他。

没有好的办法，唯一的就是转移他的注意力，让他无暇他顾。秦小曼是这么想的。

夏知瑾坐回自己的座位。郭向平对自己的期许，还是让她感到精神为之一振。这是人之常情。她轻快地收拾了一下桌面，决定抽出半个小时，把刚才的谈话仔细梳理一遍。

郭向平和BEBE的牛总，早就意识到了网购店铺良莠不齐的现状早晚会带来大麻烦，这麻烦甚至是致命的，会摧毁这么多年他苦心经营的根基。

两个董事长是怎么勾搭到一起的，夏知瑾想不通，这可是你死我活的商场，竞争是残酷的。唯一的解释就是他俩想联手做掉他们身后的几家电商企业。

不论怎样，总之，他们联手了。

然后，他们炮制了微博投诉案。这案件虽然不是很大，但是足以在电商这个湖面上激起涟漪，让处在湖面上的卖家获知消息，这就足够了。卖家绝对会关注这个事件，因为这会影响到他们的存在。

然后，这两人联手A公司，策划了一起侵权诉讼案。这才是故事的高潮部分。这件事的影响就不单单是电商行业了，恐怕所有人都会关注这场官司。

然后，这两家再假装危机公关，变危机为契机，趁势整合那些不合乎规范的小个体店，大规模引进官方店铺，从而一举把目前的电商平台做成真正的网上正规大卖场。

顺便由两家垄断部分知名品牌，捎带着打压他们身后的电商企业。

整个策划，由小及大，层层推进，步步为营，设计得非常巧妙。

谁知道半路杀出一个@有门微博，以提建议的方式，泄露了后半部分也是高潮部分的思路，迫使郭向平和老牛不得不假装借坡下驴，一场大戏不得不草草收场。

这就好比做爱，前戏足够充分，爱抚足够细腻，各种情绪都调动起来了，在即将挺枪跃马，准备大干一场的时候，却突然射了。

这怎么不令双方灰心懊恼？

难怪郭向平对@有门微博念念不忘。

夏知瑾想到这里，心里倒吸一口气。老总就是老总，瞒着所有人，自己秘密行动了这么久，要是他今天不说，恐怕自己永远不会知道内幕。即便计划终止，也几乎没人怀疑这件事。

当时，她和邱宸也感到纳闷，郭向平一个人一个工作日能搞定的事，为什么要公关部费心去做？她和邱宸当时也只是纳闷，仅此而已。两人绝对想不到这一切都是郭向平策划的。

夏知瑾很想听听邱宸是怎么想的。可是，这件事又不能跟他讲，再说他现在那个死样子，跟全世界都欠他钱似的。

爱谁谁吧。夏知瑾整理了一下心情，准备调查@有门微博。

夏知瑾仔细浏览了@有门微博所有的内容。此前，她已经知道，注册这个微博的人叫袁成刚，上海人，父亲是一家连锁酒店的创始人。这家酒店自1995年创建，已有15年的发展历程，2005年全国连锁店铺达到198家，2006年获得8000万美金的风险投资，2007年上市。

看来这个袁成刚是个标准的富二代。

袁成刚毕业于一所重点院校，大学学的是经济管理。毕业后，无从业经历，自去年起在商学院读MBA。

这个微博注册后，一直坚持原创，以图片和视频为卖点，迅速获得了关注。尤其是最近，一则火车站电子屏直播警察抓小偷的视频，成为微博热点。这个视频投放后，很快就有微博营销专家出来分析这个案例，断言这是一起营销事件。

夏知瑾想到"微博营销"四个字，心里突然有了思路。

夏知瑾把调查重点放在了视频出现的那个电子屏品牌商身上。如果确认这是一起营销事件，那么这个微博就是有目的的注册。如果这果真是一个营销账号，那郭向平的判断和担心就是必要的了。

现在网络营销、网络炒作、网络交易，实在无处不在、无所不能。网络营销如果是正能量还行，如果是竞争对手雇佣他们来抹黑一家企业，那这家企业公关部就有得忙了。夏知瑾决定必须尽快查清这个微博，防患于未然。几乎所有的网络事件，可以说背后必有推手，没有一个事件会无缘无故地红，一切皆有幕后。微博就是一个故事会，你的故事讲得多好，你的营销就有多么成功。

夏知瑾很快就弄清了这件事。

警察抓小偷事件，确实是一起营销。只不过，这种营销可遇不可求。她甚至有些佩服@有门微博的捕捉力和对消息的敏感度了。她觉察到，这是一个可怕而厉害的对手。

夏知瑾断定袁成刚背后有一个团队在运作这个微博账号。因为事发当时，袁成刚在美国，他并不是事件的亲历者。

@有门微博仍旧会不时更新，微博内容或搞笑，或煽情，或温馨，或直指社会黑暗面，直指人心。夏知瑾居然养成了每天刷这个微博的习惯。

袁成刚到底是怎样一个人呢？他的照片，夏知瑾见过，胖得势不可挡，但是从外观看来，并不是很臃肿，很浮夸。胖子大多度量大，大多幽默，懂得生活。

夏知瑾对袁成刚产生了兴趣。这样一个幽默懂生活的人，不错。

夏知瑾当然不会以任何方式关注这个微博，太敏感了。

邱宸给袁胖子打电话，说："我们这个工作室是半月不开张，开张吃半月啊。火车站那个创意之后，就凉了，到现在还没遇到合适的创意和机会。"

袁胖子说："不着急，我们还没摸清潮水儿呢，慢慢来。"

邱宸说："光靠路上捡元宝，也不行，得有稳定的客户给我们保底，这样才行。"

袁胖子说："行，实在不行就让我爸的公司交给咱打理官方微博。"

邱宸说："那不行，你跟你爸可是约法三章了的。我们自己想办法。"

袁胖子说："行，自力更生。"

邱宸目前在公司的工作就是打理@热麦官方微博。内容很琐碎，主要是店铺促销广告、新店新品推介、公司重要公告等。邱宸按自己的风格，信手写来，有的卖萌，有的风趣，有的假装一本正经，颇受好评。

　　通过打理@热麦官方微博，他也整理了很多心得。最重要的一点，是放下官方的架子，虽然叫官方微博，但行文万万不可太官方。有很多企业、政府机关单位的官方微博就是因为行文太刻板而关注者寥寥。

　　第二点，就是要迅速发现网民的关注热点，如果处理及时，会起到锦上添花甚至雪中送炭的作用。这个作用，有些类似客服。

　　第三点，当然也是最重要的一点，就是不论什么风格，千万不能信口开河。说出去的话，泼出去的水，如果言辞不当绝对会影响公司的大立场。

　　几个月下来，邱宸已经完全驾轻就熟，能从容地维护热麦的官方微博。一个微博的好坏主要看三个方面：内容是不是吸引粉丝，有没有人和你互动，在圈内的影响力如何。官方微博就好像是一个人，一个人会讲话，会讲笑话，有亲和力，就会有很多朋友，微博也一样。好的微博就有很多粉丝喜爱，有人愿意和他讲话。

　　跟袁胖子通话后不久，邱宸突然接到了一条咨询私信。

　　@一秒都不舍得浪费：我们公司想做一次关于腕表的微博创意，不知可否接洽。

　　看到这条消息，邱宸兴奋了。就像十字坡上母老虎孙二娘见到投店的武松一般，两眼放光。

　　他马上回复。

　　@有门微博：您需要什么风格的创意?

　　@一秒都不舍得浪费：要求很简单，整个创意不直白，有内涵，风格奇峻，悬念要足。当然，最重要的是，场景一定要体现出上海标志性建筑物。

　　邱宸想，这还简单啊？这得什么水准啊。

　　不过，邱宸看了对方下面的私信后，就老实了。

　　@一秒都不舍得浪费：费用不是问题，关键是一定要火！

　　@有门微博：好的，我们可以一试。请出示这款腕表的外观和性能。

@一秒都不舍得浪费：你可以抽时间来我们旗舰店谈啦！

邱宸对这个品牌很熟悉，适合年轻人购买。腕表从几百块到几千块都有，价位中低。跟腕表公司负责策划的人见了面，那人很爽快，叫胡侃。

"火车站视频的创意，是你们工作室做的吧？"

"是的。"

"极好。我们的目标消费人群是30岁以下的时尚年轻人，我需要一个针对这类人群的创意。"

"视频，图片，还是文字？"

"当然是视频。"

"好的。恶搞可以不？"

"随意！不过，我们要先看创意大纲。只要年轻人喜欢，我们无所谓的。"

"好的。"

回去后，邱宸就开始构思一个与众不同的场景。

邱宸的第一个创意出来后，拿给胡总监看。他笑了半天，然后才说："这个有些违禁哎，我先声明，要是因为微博删帖，你们拿不到该拿的钱，我们公司不负责。"

邱宸当时做这个创意的时候，也想过这个问题。但是，他还是决定试一下。不赚钱就不赚钱呗。

邱宸与他签了合作协议。

推广期限：自内容上线起2个月，超出该期限，不再付费。

付费：微博1.5元/转发，视频网站1.0元/点击。

视频制作期：签署协议后两周。

邱宸拿到订单后，马上去附近大学招聘了两个演员。其实，没多少戏份，充其量五分钟。每人报酬500元。

搞定演员后，他又去了影楼，以2000元的价格聘请了一个职业摄像。

视频制作很快，因为场景极其简单，一天时间就拍摄完毕。职业摄像就是有水准，机位调得很好，镜头感很强。

邱宸看完样片，觉得满意：

<场景一>东方明珠电视塔下，时间：下午5点30分。男女主角在下班前打电话。

男：亲爱的，今晚上还做吗？

女：废话，当然做，你自己说的，以后每天都做30分钟。

男：可是，我这几天很累哦！

女：男人，就要坚持！

男：少做一会儿行吧？打个八折！

女：不行，少一秒都不行，我可给你掐着表！

男：哦！

女：哦什么哦？这还没结婚你就不想做了，以后结了婚，肚子上全是赘肉，你想做都做不动了。

<场景二>上海弄巷，租住的小房子。时间：晚上8点。

镜头一：只拍上半身和面部表情。男主角光着上半身，趴在地板上，身上全是汗珠，身体上下起伏，表情像是在咬牙坚持，呼吸粗重，不时泄出几声呻吟。

镜头二：只拍女主角的面部。女主角表情急促，大声喊："老公加油！老公坚持住！老公你真棒！快了，马上就快了，快了……好了，到了！"

镜头三：拍男女主角全景。男主角光着上半身在地板上做俯卧撑，听到女主角说时间到了后，马上累得趴在地板上；女主角则站在一边，一脸坏笑，手里掐着表。

镜头四：腕表特写镜头。女主角配音："时间刚刚好，30分钟。"

回音：男人，就要坚持住！

胡侃看了样片，同意执行合同。

邱宸把视频发到视频网站后，马上在微博上做了链接。

@有门微博：嘿咪！男人，最重要的是坚持！（视频链接）

中午休息的时候，夏知瑾在第一时间看到了这个视频，在办公室笑出声来。她还得意地把视频链接用QQ发给办公室每个人，配以"笑死了，太有创意了！"的评语。

邱宸收到后，不确认夏知瑾是直接看的@有门微博，还是通过转发看到的。

今天，离邱宸不搭理夏知瑾已经是第四天了。其实他心里很想她，微博相册真不是个好东西，邱辰看完夏知瑾微博里面的所有照片，有点想哭了，看一个人的微博，其实就是看一个活生生的人。

夏知瑾最近也不知在忙什么，总之很忙。邱宸哪知道，此刻夏知瑾正在忙着调查袁胖子和他的工作室呢。

夏知瑾每天都会刷新@有门微博。

秦小曼也在第一时间看到了这个创意。这已经是她第二次看到了。第一次，是胡侃把样片发给她看的。秦小曼咯咯地笑着，很得意。

胡侃是她的朋友，做钟表行业也很多年了。他代理的品牌，是中低端面向年轻人的，这个品牌是这个消费人群的第一品牌。秦小曼只做高端品牌。

秦小曼有一次吃饭，两人聊起广告创意的事情，胡侃表示想做一个针对年轻人的有创意的视频，同时广告嫌疑又不能太大，因为这个品牌在中国大陆有官方广告片投放。他做这个视频，只是想在上海地区为自己的店，做一个策划。

秦小曼故作不经意地跟胡侃说："我有一个朋友，做微博创意做得相当不错。你看没看过前几天火车站直播抓小偷那个，就是他做的。"

胡侃表示了兴趣，秦小曼特意叮嘱："千万不能说是我推荐的。这人脾气可怪，不接朋友的单子。"

秦小曼看着邱宸制作的这条视频，心里无限欢喜。她用新注册的微博，给@有门微博作了转发。

@剪刀木头布：妈呀，看得姐面红耳赤的，太有创意了！片子里那款腕表亮了！好像在南京路有卖吧？

为了邱宸，她愿意给胡侃做免费推广，虽然这个账号微不足道。

这则创意给邱宸带来了不少收益，虽然比不上上一条那么多，但转发也上万了，加上视频网站的点击，也有几万块收入。

邱宸当然并不满足于这种个案带来的收益。个案简单，来钱快，但不稳定，有一搭没一搭的。他想象着能给一家大公司运营官方微博，起码工作室就有基本保障了。

夏知瑾看到这个创意后，想起了同样做钟表生意的秦小曼。她马上给秦小曼打了个电话，给她推荐了这个视频。

秦小曼说："这就是我朋友找人做的策划。"

夏知瑾说："这人太有才了。"

秦小曼呵呵地问："如果你认识这个博主，你会喜欢他吗？"

夏知瑾则毫不含糊："只要不是胖成弥勒佛、矬成土行孙，我就喜欢。男人要有才和有财，还要有材（身材）。有才的青年往往是文艺青年，很容易吸引女孩子们的目光。"

秦小曼听了，心里想，这下坏了，看来我们姐妹免不了一场正面交锋了。

夏知瑾对这个叫袁成刚的越来越感兴趣，才子啊。

但是，她对这个袁成刚的了解，却越来越匮乏，几乎找不到他背后的那个团队，也找不到给他爆料的那个内鬼。

夏知瑾抬头看了一眼蜷缩在办公桌上，猥琐闷骚的邱宸。这个死木头，也不知病了还是怎么了，莫名其妙地与她断绝了交往。凭夏知瑾的性格，她才懒得搭理这种闷不作声的人呢。她还是喜欢袁成刚那种性格的，幽默到死，有生活情趣。

就当调查袁成刚的事情山穷水尽时，却突然柳暗花明了。

线索来自一条微博。

一个叫@袁胖子的，转发了@有门微博的这条微博。

@袁胖子：闷骚男人才能想出来的伟大创意啊。还记得卖鞋那时候的苦逼样儿么？

说实话，这条微博之所以能引起夏知瑾的注意，主要是因为"袁胖子"三个字，让她第一时间就想到了袁成刚。第二个关键词是"卖鞋"，她马上想到了邱宸也曾在热麦开网店卖鞋。

夏知瑾现在相信了，有时候，警察破案也是靠那一刹那的第六感。她把袁胖子和卖鞋联系在一起后，事情终于势如破竹了。

夏知瑾马上去信息部，从后台调取了所有店铺的注册信息，包括已经撤店的。当"袁成刚"三个字跳出来时，夏知瑾欢呼雀跃。

袁成刚曾经在热麦开了一家名为"变色龙帆布鞋"的网店，前段时间清理店铺时，被迫关门了。

袁胖子=袁成刚—帆布鞋—邱宸=内鬼！

这个逻辑出现在夏知瑾脑袋里时，她混乱了。虽然逻辑链是那么的清晰！

她仍需严谨的确认。

她在公司人事档案里，查到了邱宸的履历。袁成刚和邱宸都是上海人，在同一所外地大学读的本科。这就是他们的交集了。但是，这还不够。

夏知瑾翻看了@袁胖子的微博好友，@邱比特宸赫然在列。

至此，邱宸和袁成刚的关系已经确认完毕。微博既是一个媒体平台，也是一个社交平台，人和人的关系在社交网络时代都变得透明。扎克伯格说过：社交网络就是把人和人在现实生活中隐藏的关系都在网上暴露出来。微博时代几乎没有秘密可言。

夏知瑾知道自己接下来将不得不去面对一件事——邱宸是否泄漏了热麦的一些商业信息？

老实孩子心翻腾。这句话一点没错。

看起来闷骚沉默的死木头，居然背地里搞了那么多事情。怪不得他总是有那么多想法，不对，正是因为他有那么多想法才搞了那么多事。夏知瑾心里再次对邱宸有了新的认识。

Chapter 07

高塔是由沙子建成的你信不信

@为你而微：

微博上的话语权往往由一群大V掌握，爱情里
的话语权由被爱得多的那方掌握。有时候大V
会被网民围攻，被爱的一方也会被爱他的一方
抛弃。所以，我们要学会顺应。潘石屹顺应网
民制作"潘币"，被爱方少耍脾气。微博需要调
笑，爱人需要调教。

夏知瑾下班很晚。

她坐在座位上，把整个事件从头到尾想了一遍。

郭向平与BEBE的牛总策划这件事，是绝对保密的，估计除了他俩，只有极少数人知道。也就是说，邱宸是绝无可能知晓内情的。

随着策划进展到A公司起诉了热麦，郭向平假装着急，安排了公关部处理此事。不久，袁成刚就在微博上发表了他所谓的"建议"。那么在这期间，邱宸有机会知悉郭向平的策划内幕吗？

夏知瑾摇摇头。这种可能，几乎不存在。

除非，邱宸不经意或者故意从郭向平的办公室里看到了什么内容。这一点，她需要跟郭向平确认一下，办公室有没有文字类的策划方案。权且认为没有，夏知瑾心里也希望没有。凭她对那块木头的了解，她几乎确认邱宸不会这么做。

她对邱宸的信任，几乎来自本能。这块木头，就是这么让她信任。夏知瑾想到这里，矛盾地摇摇头。她的内心还是偏袒邱宸的，而且自从她得知了邱宸这些事情后，反而觉得没有内容的男人不值得关注。

如果没有，那么邱宸是如何知道郭向平埋藏得这么秘密的计划呢？

只有一个理由，邱宸分析透了这次危机背后的隐情，他作出了大胆的猜测。权且认为邱宸有这个脑子，实际上，夏知瑾通过接触，发现邱宸确实有想法。那么，下一个问题是，泄露这个幕后计划，对邱宸和袁成刚有什么好处？

任何人做事都有目的。

袁成刚的目的是什么？把这条信息卖给热麦和BEBE的竞争对手？

但是，夏知瑾非常清楚，在整个事件中，其他几家竞争对手一直非常被动，甚至到了后来，热麦不得不提前实施大品牌官方店铺计划时，这几家敌手仍没有反应过来，他们失去了这几家大品牌的销售权。

既然@有门微博没有用来获利，那邱宸就没有嫌疑了。她甚至可以向郭向平重点引荐一下邱宸，这块木头说不定会有机会在公司做更重要的事。

夏知瑾如释重负。

第二天，她去了郭向平办公室。

夏知瑾把她这几天的调查结果向郭向平作了汇报。汇报完后，饶有兴致地讲邱宸如何有想法，并列举了前面一些事迹和案例。

郭向平听完，说："嗯，他的意识确实很超前，是有思想的。凭你对他的了解，他个人品质如何？热麦用人，当然喜欢德才兼备。"

夏知瑾听了心下暗喜，或许自己可以帮到邱宸，这几天他垂头丧气，说不定是因为工作上得不到重用。夏知瑾说："我跟邱宸可是不打不相识，可慢慢了解他以后，除了有点沉闷，其他方面都很优秀，是块沉默的金子。个人品质没得说，是个很好的人。我太了解他了！"

夏知瑾根本不知道，她对邱宸越是激赏，郭向平要拿掉邱宸的想法越坚定。他不允许一个小子妨碍自己追求夏知瑾，尤其这个人还是自己公司的员工。

男人的嫉妒心，真发作起来，比女人还可怕。

郭向平问道："你确认那家店铺和这个用作商业推广的微博都出自邱宸之手？"

夏知瑾一时兴奋，以为郭向平在核实邱宸是否真的有能力，连连肯定地点头。

郭向平悠然说道："邱宸看来确实是个人才，公司发现晚了。可是，公司规定，员工不得在热麦开设店铺，也不得从事与热麦相关联的商业兼职。他两条都违反了公司规章。对于他这种行为，公司并不认为他具备足够的职业道德。"

郭向平此言一出，夏知瑾马上意识到自己好心办了坏事。

郭向平从抽屉里拿出一份文件，正是关于热麦和BEBE策划案的："这份文件一直就放在我这里，当然了，我坚信他不会做出更过分的事情。但是，他确实已经违反了公司制度。"

夏知瑾站在那里，知道自己给邱宸帮了倒忙，而且此刻，她正让郭向平左右为难。她沉默了。

郭向平想了一会，说："你先回去吧。这件事我会慎重处理。但是，如果公司的决定对邱宸不利，你作为公司核心员工，也应该理解。我尽量周全考量。"

郭向平给夏知瑾提前打了预防针，但也并未说死。他担心如果自己表现得太决绝，会让夏知瑾对自己的态度有转坏的可能。

夏知瑾默默回了办公室。

她的心情复杂极了，进办公室的时候甚至不敢看邱宸一眼。

邱宸仍旧像往常一样，无精打采。可是，他仍旧像往常一样，巴巴地等着夏知瑾从董事长办公室回来，度日如年的煎熬。

郭向平在决定正式辞退邱宸之前，找夏知瑾谈了话。

"我作这个决定也很艰难。但是，既然我知道了邱宸违反公司规定的行为，就必须一视同仁，否则对公司其他员工不公平。我知道你很为难，你跟邱宸是很好的私人朋友，但是我希望这个决定你能理解，不会因为这件事，影响你在公司的工作。"

郭向平的处理意见，通过人力资源部的书面通知下发给了邱宸本人和部门经理夏知瑾，并通报给全体员工：

我司员工邱宸，利用个人在热麦工作之便，与他人协同开设店铺。此举违反了公司制度中关于不得以任何方式参与个人经营的条款。根据规定，公司对邱宸作出予以辞退的决定，希望各位同仁引以为戒。

邱宸突然接到人力资源的通知，一时还没有任何想法。但是证据是确凿的。

邱宸坐在那里发呆，一会人力资源的同事过来，递给他一张离职交接单，要求他填写。邱宸木讷地把领用的办公用品、手头的工作情况等填完。

这一切来得太突然了。

但是，人力资源部要求他今天就离职。

中午，邱宸一个人默默地收拾东西。夏知瑾就站在他旁边，也不说话。

夏知瑾感觉是自己出卖了邱宸。她自己本来是想为朋友两肋插刀，结果插了朋友两刀。

邱宸面无表情。

邱宸收拾好东西。其实东西很少。搬着纸箱，往楼下走。夏知瑾跟在他后面。

到了楼下，夏知瑾终于忍不住，喊住了他。

"有件事我要跟你说。"

邱宸站住，看了夏知瑾一眼："嗯。"

"我一时讲不清楚，今晚能不能一起坐坐，单独。"

"好。"邱宸闷不做声地离开了公司。

到家后，他打电话通知了袁胖子被公司辞退的事情。袁胖子说："辞就辞了吧，鸡肋。李开复说过，与其在大企业蹉跎岁月，不如自己创业创造新的世界。有能力的人创业打开的是一片全新的天空。"自从袁胖子上了MBA后，一天到晚嘴巴里蹦出来的，都是各大成功励志帝们的名言。

邱宸躺在床上，想把这些事都想清楚。开店这么隐秘的事，只有他和袁胖子知道，公司怎么会秋后算账呢，一定不是因为开店才辞退他。

前段时间，郭向平要调查@有门微博，绝对是空穴来风。到后来，热麦平息了危机，但当时邱宸就觉得事情处理起来那么简单，郭向平一天就搞定了，这事有些蹊跷。那么，他和袁胖子开店，到底是哪里出了破绽呢？

注册信息！一定是注册信息出了破绽，开店、开微博，用的都是袁胖子的身份信息。有了这条信息，然后追查袁胖子和他的关系，就很简单了。作为微博专业人士，要通过社交网络查到任何信息都不是很难的事情。

那这件事是谁负责调查的呢？

他不愿意去怀疑夏知瑾，但是又知道夏知瑾嫌疑最大。邱宸很烦躁。

下午，夏知瑾给邱宸发短信，告知他晚上见面的时间和地点，晚上6点，就在外白渡桥的微咖啡，一个微博网友经常派对的地方，股东全部来自微博。

邱宸在那里见到了夏知瑾。

夏知瑾跟他在一个安静的转角处，随便找了一个地方坐下来。

"木头哥。"

"嗯。"

"这几天的事情，我想跟你说一下。"

"嗯。"

"调查你和袁成刚的事情，是我负责的。"

"嗯。"

"你会怨我吧？"

"不会。"

"你知道公司为什么要调查你们吗？"

"不想知道。"

"你别这么一副死恹恹的熊样行不行？我不知道你这几天到底怎么了，脾气暴躁，不搭理人。你要是不认我这个朋友，或者我哪里做错了，你说出来行不行？即便死，也死得明白，我想知道你怎么了？"

"没事。"

"靠！行，邱宸，说完下面的话，我就走！你和袁成刚弄了一个微博，在热麦遇到大危机时发了一条很有针对性的微博，打乱了郭总的工作计划，给整个公司的布局带来了很大的麻烦。于是郭总怀疑这个微博背后有事情。于是，让我查。我先是查到了袁成刚，然后发现他在热麦注册过一家卖帆布鞋的店铺。那天我在你家，也见过鞋盒子。我很自然地把你和他联系到了一起。经过调查，你们两个确实是一起在做一些事情。但是，我觉得你并没有做对不起公司的事，就把调查结果跟郭总汇报了。谁知道，公司却辞退了你。我觉得对不起你，就这些。再见！"

夏知瑾起身走了。

邱宸坐在原地，强抑住起身去追她的冲动。

妈的，一口一个"郭总"，郭向平是你男友，还是你干爹？

邱宸很明白自己的脾气，什么事都闷在心里，吃软不吃硬。别人要是好好跟他说，他心软；别人要是呛起脾气来，他比别人还呛，打死不嘴软。

在邱宸看来，这一段时间，夏知瑾天天往董事长办公室跑，这是两人关系发展的证据。然后，夏知瑾为了郭向平，不惜调查他和袁成刚的底细，还把结果大公无私地汇报给了郭向平，她居然丝毫不顾惜她和自己的情意。可见，自己在她心里，根本就是一根草，可有可无。

罢了，落花有意流水无情，从一开始就是自己自作多情。

郭向平那个老男人，有家有室，还去勾引夏知瑾，不是什么好玩意。

夏知瑾明知道郭向平有家室，她爱这个人的什么？爱他的成熟魅力、性格脾气，还是他的什么？也罢，也罢，我邱宸还真不稀罕这样的女人。

邱宸恨恨地跺脚，站起身。然后又坐下，掏出手机，发了一条微博。

@为你而微：一个男人跟任何一个女人在一起都会很快乐，只要他不爱她。我很不快乐，因为我真的很爱她。从今天起，忘记一个人。再见。

秦小曼看到邱宸的微博时，夏知瑾刚刚给她打完电话，要她陪她去喝酒，她已经答应了。但此时，她更愿意给邱宸打个电话，过去安慰他。但是，她不想趁人之危，她不能这么做。

邱宸一个人沿外滩像丢了魂一样，漫无目的地瞎走。但是他依旧一直开着微博来回刷新夏知瑾的微博，或许她会突然很难过，会突然想见自己，和自己道歉……

这么久以来，邱宸写微博的时间远远多于他看见夏知瑾的时间，他想念夏知瑾的时间远远多于两个人通话或者见面的时间；他自我反省、冷落猜疑、痛苦挣扎的时间远远多于他们互相交流的时间。郭向平的阴影始终萦绕在他的心头，无法退去。女人最怕的是比自己更年轻美貌的女人，男人最怕的，是比自己更年长有为的男人。郭向平就仿佛一座大山，横亘在邱宸的面前。

邱宸知道夏知瑾已离他远去。他有多爱她已不再重要，重要的是他这辈子已经无法将她从自己的心里拿走。时间可能会让爱情变淡，但是，这份感情永远不会磨灭。夏知瑾是他单方面的初恋，这世界上，哪个男人能忘得了初恋呀！

他想去找个酒馆，让自己醉一场。想了想还是作罢，从楼下的超市提了一扎啤酒，回到了自己的住处。

"气死我了，气死我了，这个死木头！"

"到底怎么了？"

"姐……"夏知瑾话音未落，眼泪掉下来了。

"怎么了？"

"我想，这次我是彻底惹恼那块木头了。我把他老底都掀出来了，还害他丢了工作。怎么办啊？"

夏知瑾把事情的经过从头到尾说了一遍。

"你呀，怎么能把他想掩饰的事情告诉老板呢？要我是老板，我也开除他。要我是邱宸，我也不高兴。"秦小曼听完，明白了其中所有的经过。现在，秦小曼是最明白的知情人了，甚至比邱宸自己知道的都多。

"我不是故意的！我想帮他的！"夏知瑾说。

"知道他这几天为什么不高兴、冲你发脾气吗？"

"为什么？"

"你啊，有时候冰雪聪明，有时候跟他一样像块木头。他喜欢你，所以嫉妒你跟你们老总走得太近。"

夏知瑾听了秦小曼这句话，愣了一下。想了想，嘴上虽然跟秦小曼说着不可能，心里却觉得很有可能。这块木头喜欢自己？哦买糕的！看来这事是真的。

"你怎么知道？"

"也就是你，天天跟他在一起都感觉不到。你是个女人，应该有女人的敏感啊！"秦小曼终于还是忍不住，把邱宸喜欢夏知瑾的事情，告诉了她。她不想胜之不武。

"我只是当他是哥们儿。而且，我和我老板也没什么啊！姐，你说我该怎么办？"

"别怪我没提醒你，这块木头是块材料，不是你想的那么木讷。如果你喜欢他，就主动给他一次机会，让他知道；如果你不喜欢他，就把事情理清楚，别含糊。这样，两不耽误。不管你喜不喜欢他，你和他的误会，我会去帮你跟他说清楚的。"秦小曼故作大气地说出这些话，别提心中有多纠结了。不过，当她说出来这些话的时候，顿时觉得自己的心胸敞亮了不少。是的，她不想跟夏知瑾在这件事上明争暗斗。木头虽好，但是好姐妹岂是随便就能得到的？在情场商场摸爬滚打这么多年的秦小曼，清楚知道，朋友如夏知瑾这般既聪明又真诚的，没有一个。

但那块木头，心又不在她这儿。是去得到一颗不属于自己的心而失去好姐妹，还是……秦小曼觉得自己要好好斟酌。用自己的青春去调教别人的老公，太吃亏。

"姐，你觉得这块木头会是我的菜吗？木头兄其实很不错的，闷骚了点，但这也不算缺点。"

"犹犹豫豫，这不像你的性格。唯一的解释就是你喜欢他，才会这么犹豫。其实，木头兄的优点很多，他不是闷骚，而是内秀。我看好他。"

"你比我都了解他啊。我喜欢有性格的男人。男人有性格，才能驾驭得了我。"

"你是不是有意中人了？"

"呵呵，有想象中的意中人了，但是还没找到具体的下手目标。"夏知瑾笑道。

秦小曼能感觉到，夏知瑾对邱宸有好感，只是邱宸还没有什么特别的表现能彻底打动她。其实，秦小曼已经非常后悔刚才讲了那些话，因为她明确地知道，像邱宸这样的男孩子，就是一块璞玉。一个男人，你有多喜欢他，别人也有可能多喜欢他，因为别人选择的标准不会比你低，所以夏知瑾完全有可能爱上邱宸。

"你说实话，你跟郭向平那晚到底有没有事？"

"姐，哎。跟你说实话吧，我自己都不知道那晚怎么去的酒店，不清楚到底发生了什么事。"

"那就是可能有事了？"

"可能吧。"

"糊涂啊！你对郭向平有好感？"

"这个男人，成熟，稳重，有大将风范，这算好感吗？总之，我很佩服他，他也很看重我，他人也不错，我和他就工作上的关系，就这样。"

"心里还是不反感他的？"

"我没理由反感。"

"行了，这事你自己把握分寸。邱宸那边，我会替你解释清楚。"

半夜11点多，秦小曼送走夏知瑾，就给邱宸打电话。

打了几遍，没人接。秦小曼心里有些担心，打车去了邱宸家。

她咚咚咚地敲了好久，邱宸才满嘴酒气地开门。秦小曼推门进去，酒气迎面扑来，客厅里横七竖八地躺了一堆啤酒瓶。

秦小曼收拾了一下沙发，坐下，看着斜倚在沙发上的邱宸。

"醒醒吧，清醒了我再陪你喝点。"

"嘿，是你啊。"邱宸迷离着醉眼，认出了秦小曼。

"很失望是吧？你看你这熊样，要是我是夏知瑾，我也看不上你。"

秦小曼提起了夏知瑾，邱宸睁开了眼。

"她怎么能这么对我？"

"你好意思说？她怎么对你了？我看她做的一点错都没有。你喜欢她，就跟她讲啊！你把她蒙在鼓里，自己整天闲得没事瞎琢磨，你跟谁玩猜闷儿游戏呢？夏知瑾哪里做错了，让你对她有这么大的误解？"

"我知道郭向平喜欢她，她却偏偏跟他走那么近，还把我开店、弄微博的事情，告诉郭向平。我就是不理解……"

"你倒成了最委屈的了。你说，你打算怎么办？"

"我不知道。"

"喝闷酒就知道了？借酒消愁愁更愁，别喝了，好好想想跟她怎么说吧。你再这么下去，我看啊，她跟郭向平没事也有事了。到时，你哭都找不到地儿。"

"她真的跟郭向平有事？"

"你说你整天的心思都用在哪上了？猜疑，是爱情最大的敌人。"

"可是，我没法不想。我是不是很小心眼？"

"你是很小心眼。不过，你起码应该让夏知瑾知道你喜欢她啊。另外，我要提醒你，你喜欢夏知瑾，现在是剃头担子——一头热，你是不是夏知瑾眼里的那盘菜还不一定呢，你要有这个心理准备。"秦小曼嘴上说着，看似知心姐姐清明得很，心头却是一团乱麻。

从邱宸喜欢上夏知瑾开始，他还从未像现在这样感到灰心丧气。

邱宸怨恨夏知瑾，怨恨郭向平。在他看来，是夏知瑾和郭向平无意中把他赶出了他得以亲近夏知瑾的工作和生活圈子。他开店铺，是违反了公司规定，可他的店仅仅维持了几个月，而且他并没有利用公司便利为自己谋取利益。而他开微博，则完全与公司无关。

但是，他又无法对夏知瑾真正怨恨起来，他爱她，他无法怨恨她。他觉得一定是郭向平在背后搞鬼，想剔除所有与夏知瑾要好的朋友。这一点，他猜对了。

或许，秦小曼说得对，他该向夏知瑾表白的。

秦小曼又一次后悔自己说了这么多，她又把邱宸推向了夏知瑾。她多么希望抱着心爱的男人告诉他，自己有多么爱他，什么都愿意为他去做。但她没有。这真不像秦小曼的风格。她有些诧异现在的自己，到底是怎么了。

邱宸听从了秦小曼的建议，第二天晚上约夏知瑾见面。

夏知瑾预感到这块木头会说什么，果不其然，见了面，邱宸就红着脸，说："我喜欢你很久了，你愿意跟我交往吗？没事，你要是现在不喜欢，我们可以慢慢交往，我会改。"

夏知瑾想象中的求爱，不是这样的。她期待的求爱应该是这样：见了面，那个男人拉起她的手，不容置疑地跟她说，哥稀罕你，跟哥走！

这块木头令她失望了。她也知道，凭他的闷骚，他做不出这样爽快的事情。

夏知瑾摇摇头："木头哥，我现在不想谈朋友。"

邱宸讪讪地点点头。

夏知瑾觉得，男人，就应该是一块顽石、一块黑铁，任你怎样，都坚定地做自己。虽然，对面的邱宸，居然愿意为了她，改变性格。但是，生就的骨头长就的肉，人的性格是不可改变的。那个抛弃她、跟别的女人订婚的男人，虽然她恨他，但是她依然欣赏他的决绝与干脆，这才是男人。

邱宸就这样狼狈地结束了自己的第一次求爱。

天都塌下来了！

邱宸回到家，心情铁灰铁灰的，没有一丝生机。

她的轻描淡写是无声的伤，但是你又不得不喜欢她。也许爱情在每个人心中的重要程度天差地别，邱辰无法说服自己不爱一个人。男人不是不会哭，而是不会在人前哭泣。他呆呆地望着天花板，无奈地看着自然的更替，无法入睡，如同对待自己的感情一样无能为力。

每一个小时就刷一次夏知瑾的微博，却不知道她现在在干什么。看她的微博，已经成为他的一种习惯。他不知道她的状况，唯有看她的微博才知道她的喜怒哀乐。微博就是个坏东西，原本两个人不见面根本不知道对方在干啥，但是上了微博，高兴不高兴都看得见，对方的开心不开心都会影响到另外一方。

邱宸背上相机，想把自己彻底淹没在都市的嘈杂中。他漫无目的地瞎转悠，他想把自己所有的精力都用在捕捉这个城市的瞬间上。他想专心经营自己的微博工作室。可是，这几天，他就像失聪失明了一样，对周围的人和事，失去了最基本的敏感。

拍摄的照片他一张也不满意。

接连一周，他毫无收获。他的微博已经很多天没更新了。

夏知瑾感觉自己像是亏欠了那块木头，心里不安。她空闲下来，忍不住打开@有门微博。袁胖子这几天不知怎么了，一直没更新。懒的程度跟他的体型很配啊。

夏知瑾在想，这些微博会不会是出自邱宸之手？还是袁胖子亲自策划的？

袁胖子到底是个什么样的人呢？

夏知瑾对这个胖子充满了好奇。

袁胖子MBA毕业后，他老爸坚持了自己的原则，在袁胖子35岁之前，坚决不允许他进入自己公司。他老爸说："你整天在家睡觉也好，满世界瞎转悠也好，自己干点事也好，去给人家打工也好，总之，这十年，我不管你。这是你自己的十年，混成啥样，都是你自己的选择。"

袁胖子倒是对老爸的这个态度很赞成。

他毕业后，自个儿就在那寻思，十年，还早着，再说了，到时自己还未必对酒店业感兴趣呢。说不定，自己可以闯出一番事业。

他对邱宸没得说。这小子纯属人格分裂，一定是受精的时候两个精子同时抢到了一个卵子，结果弄成这样了。而且，这两个精子一定一个是天才，一个是庸才。邱宸就是这样，在相熟的人面前、自己躲在屋子里发呆的时候，就是一天才；一出门，这家伙就蔫了，说话都不成句。

袁胖子看好这个家伙。

邱宸离职后，袁胖子干脆在复兴东路租了一间写字楼，注册了公司：上海有门网络推广有限公司。有门运作一段时间了，也做了两个创意，但是仍旧太势单力薄。他们需要更多的大账号支撑。

这间办公室位于复兴东路华润时代广场，大概三十多平方米，进出各一开间。邱宸通过微博搜索，搜到了@铭品装饰。邱宸自从爱上了微博，就对微博产生了偏爱。所以，工作室的装修就交给了铭品装饰。装修的结果，邱宸和袁胖子都很满意。这么大的地方，将来再坐三四个人也没问题。袁胖子说："很像那么回事！"

按照邱宸的计划，袁胖子不必每天来上班，他负责市场推广，说白了负责招揽客户；邱宸负责创意策划，应该叫创意总监。目前公司就两个人，他们的近期规划是招聘几个年轻的微博控，负责养账号、每天在微博上关注社会热点。一个月后，要达到六人的规模。

邱宸问袁胖子："期间如果没有大单子，要不要接一些下作的小活维持生计啊，比如当个水军、做个五毛什么的。"

袁胖子双手叉着腰，不屑地说："开玩笑，我们是大公司好不好?

起点要高，身份要高，要有原则。原则懂不？原则就是不能给钱就干。"
说完，扭头问邱宸，"话说当水军赚不赚钱啊，哈哈，给钱多也是可以
考虑的。"

他们从开始就基本定下了调子，以微博创意推广为主要业务，以代
运营企业官方微博为辅，以代运营名人微博为次，以微博抹黑为耻。

此时，邱宸站在华润广场的高层上，遥望着外滩。他自认为可以在
这丛林密布的钢筋混凝土中，找到@有门微博的生存之路。

此刻，已经是2010年底了。

他要把经营微博像热恋一样做下去，这样，他才不会在闲下来的时
候想起夏知瑾。其间，因为工作，邱宸也认识了不少年轻美丽的女孩子，
有的刚从国外留学回来，有的刚从大学毕业，总有些女孩子向他表示了
好感，约他吃饭看电影。但是邱宸总是以工作忙为由拒绝了，用袁胖子
反讽的话说，邱宸必将成为一个伟大的人。有一种说法，要成就伟大必
须学会享受孤独，不要因为孤独而怨天尤人，这是上天给的机会，再多
的女人对你好，也不能放弃孤独的权力。

但袁胖子内心并不赞同这论调，在他看来，就是三个字———根
筋。白白的美女送上门他偏不要，脑子里只顾着那个看不见摸不着的夏
知瑾。在这年头，痴情不值钱！

秦小曼得知邱宸在浦东租了一间写字楼，圣诞节的那天，她开车过
去找他。

谈起工作室的业务，邱宸有点懊恼地摇摇头，叹了口气："不是很理
想。目前还没有稳定的客户支撑，所以经营情况也不是很稳定。"

在秦小曼看来，这间工作室，其实就是一间广告公司。对于毫无从
业经验的邱宸和袁成刚而言，想把这间公司做起来，确实不容易。她了
解了工作室的基本情况后，觉得工作室框架很不完善，缺乏专业的团队。

她并不是特别看好这个工作室的前景。

但是，上次她看了邱宸给自己朋友制作的视频短片后，非常惊异于

这种推广模式。这不是传统意义上的广告创意，它只需很简单的故事情节，以及极少的费用就可以完成，最重要的是创意。

微博推广的传播途径是非常有别于传统媒体和广告的，微博推广依靠的是最直接的受众，他们每一次转发和评论都会对这条推广信息产生推动效果。从某种意义上说，微博推广的传播方向，与传统广告恰恰相反。传统广告是通过各种媒体强制传播，而微博推广则是逆向的，由每一个受众自觉传播。

因此，只要创意足够吸引人，这种传播效率和直达效果，是非常惊人的。

这也是秦小曼不完全否定这间工作室的理由。但是，秦小曼很确认，用不了多久，微博推广就会吸引广告大鳄和资金大鳄进入，到时单枪匹马获取推广利润的时代就会过去。他们的制作会更精良、更有创意，会瞬间击溃所有微博推广个体户。

邱宸非常认可秦小曼的论调。

他觉得，留给@有门微博的时间不多了，如果不能在短时间内杀出一条路，迅速成为食物链的上游物种，@有门微博就会面临灭顶之灾。

秦小曼问邱宸："缺钱不？"

邱宸摇摇头，袁胖子在，资金尚充足。

秦小曼说："那就赶紧充实队伍。对于一家创意型工作室而言，人，才是最重要的。"

没错，人，是最重要的。

邱宸没有去人才市场招聘，也没通过招聘网站。

他在@有门微博上以长微博发了一条招聘信息。

@有门微博：某创意公司招兵买马，储纳粮草，盛意邀请具备以下才干的毛遂：

亲，您一定要是微博控哦！

亲，您最好是传媒专业的全能战士哦、懂摄影、懂机位、能独立导演短片者尤佳哦！

亲，您眼睛可以很小，但是视觉一定要足够敏感哦！

亲，如果您喜欢围观，在我们这里将非常受欢迎哦！

亲，应征入伍时记得带上您的微博围观作品哦！

另外，亲，我们不是招聘将军，我们是招纳战士哦！我们希望您是那个想当将军的小战士，与我们一起经历战火洗礼哦！

如果有意，欢迎直接骚扰！

微博发出去后，响应者络绎不绝。

最终，邱宸从中挑选了三个人。

第一个姓武，叫武圣，微博名@孙子。此人五短身材，目光呆滞，上海大学大四学生，新闻系，明年毕业。看着这个蔫儿吧唧的人，邱宸心想，生有异相，必有异能。果不其然，当邱宸跟他聊起微博时，那双小眼儿马上放出精光，从一个猥琐的包里，抖抖索索地掏出一个智能手机，单手操作键盘，极其熟练。

他向邱宸展示了自己在宿舍拍摄的微博作品。邱宸接过手机，第一眼就扫到了他的粉丝数，12635人。这是一个相当不错的潜力股，邱宸判断。果然，当邱宸翻开他的微博时，发现里面几乎所有段子全是自创，大部分是视频和图片。

其中一个视频着实吸引了邱宸：宿舍四个人，组了一支乐队，锅碗瓢盆全用上了，节奏感极强，几个人只穿着内裤，自娱自乐，high到不行。

这就是邱宸要的那种人。

第二个，是一个上海本地出来的弄堂女孩儿，名字叫方晓婉，微博名@弄堂里的睡衣女孩，微博头像就是她本人穿着睡衣，趿拉着板拖儿，提着甜沫、小笼包买早点的照片。此人无论看照片，还是看本人，都极具生活气息，像一个邻家女孩。此人学历不详，现在在上海数码商城卖电子产品。

邱宸问起她的学历，女孩羞赧地一笑，说大学肄业。邱宸听到"肄业"两个字，便不再多问。能说出"yi业"两个字，证明她不是信口开河。有多少人念"si业"啊。

她的微博作品集中在上海的弄堂里巷，是最具老上海气息的原生态生活直播。这说明这个女孩子从小便浸染在老上海的一街一巷中，她能敏锐地捕捉到这座城市中哪怕一丝的变化和不同。

这也是邱宸想要的。

第三个人有点意思，叫陈家洛，对，就是红花会那个总舵主陈家洛，微博名叫@微电影总舵主，上海戏剧学院导演系的，跟武圣一样面临明年毕业。但是，这个人还没毕业就失业了，据他自己说，是他炒掉了所有机会。

他觉得在中国当导演，就要先挥刀自宫，然后才能混得下去。他不想自宫！这点让邱宸觉得有点意思。问他想做什么，他的回答很简单：微电影，自己玩。

问起他为什么来这里应聘，他说："在这里拍出来的东西不用审片，大不了微博小秘书辛苦些。"邱宸这才注意到他的导演气质，长发盖住迷离的眼神，胡子拉碴，要是在拍摄现场，倒是可以镇住演员的。

他的作品就多了去了，导演过多场学校话剧团的作品，微电影《你是个X》系列总共拍了十六部，比如《你是个蛋》《你是个鸟》《你是个人》等，邱宸在网上看过，极有风格，用陈家洛自己的话说，这些都是审片审不过的。他的毕业作品，还是微电影，《十年后》，风格忧伤，带着不知所措的茫然，很符合毕业生的心态。

陈家洛居然能拍出《十年后》这样纯粹而值得深思的片子，令邱宸很是吃惊。这也是他决定录用他的很重要的原因，一个好的导演必须风格多变，才有可塑性。

这三个前来应聘的人，微博里都有静安区大火的内容。这不只是新闻媒体的事情，这件事，关乎所有上海人，中国人。他们角度各有不同，却都第一时间在场。这就是微博控。玩微博的感觉非常重要，有的人每天埋头苦写，但就是没有人评论没有人转发，每天处在寂寞空虚冷的状态；有的人轻松就粉丝百万。微博感是与生俱来的，并不是人人都可以练习而得。邱宸就是这么一个微博感超强的人。

这三个人聚齐，是在一周后。

邱宸叫上袁胖子，约他们三个在一家静吧见面，算是复试，同时给他们三个一次选择公司的机会。

袁胖子事先领会了邱宸的意思。

袁胖子的气场跟他的体形是成正比的，他开场便讲：

"今天再次约大家来，主要几个意思。

"第一，本工作室，是一个纯粹的皮包公司，目前我是总经理，邱宸是策划总监，就我们两个人。我们是大学同学。

"第二，相信你们一定迫不及待地、很认真很严肃地看过@有门微博的原创作品，这些作品都是邱总监一手制作的，很业余，但是我很喜欢。

"第三，本工作室不保证一定能做到很大，做到很牛逼，但是它确实很有前瞻性地看到了一个具有颠覆性的商业推广模式，而且已经有了两个成功的案例。工作室能不能把握住这个行业前景，要靠你们的努力。当然，客户由我揽，但是，作品由你们出。

"第四，这次见面，是给你们三个一次放弃本工作室的机会，工作有风险，加盟需慎重。但是，各位放心，工作室保证按时、足量地发放承诺的薪水。同时，作为创业元老，你们每人将自动获得工作室5%的干股，每年年底分红。股权协议在签订工作合同后，将以正式的书面形式与各位公司要员签署，干股股权有效期截止至你们离职之日。"

2010年元旦，有门工作室算是正式开始了自己的创业之路。此时，它拥有五名员工（含老板）。

工作室除了袁胖子，每个人的第一个任务就是至少注册20个微博账号，至少有3个账号的粉丝数（不含僵尸粉）达到5000以上。这个任务要求春节前完成。

注册20个微博账号，简单。他们目前每人原本的账号粉丝数都达到了5000以上，只是再养两个大号，就不是那么简单了。

邱宸并不要求他们全部时间都坐在办公室，他们每天有三个小时的自由时间，任选时段。

武圣的办法比较多，他不少同学都去报社、电视台实习了，消息源很广。他的粉丝也是发展最快的。

方晓婉重点弄了两个账号，一个是@乐活在杭州，一个是@运营商爆料。这两个账号，都以一问一答的方式，与粉丝互动，是微博搜索的一个变异物种。

陈家洛没办法，也开了两个账号，一个专门做电影推介，叫@电影邮递员，他不辞辛苦地把自己认为好看的电影推介出去，一个字一个字地写影评；一个专门拍摄有趣的视频，名字很猥琐，叫@偷拍专区。

而邱宸，他要以身作则地另做两个大号微博。在工作室，每个人都必须挖空心思，把自己的账号养起来。他只能回到自己的本行，从视觉设计入手，注册了一个@你的小窝够色吗；另一个是关于如何经营企业官方微博的，@官方微博的诱惑。

三个人，一台戏。邱宸是观众。

"你们不用理我，我是闷骚男。"邱宸实话实说。

"我是猥琐男，官方媒体担心我影响国家形象，所以我进不了报社，进不了电视台。"

"我是一块茅坑里的石头，又臭又硬。"陈家洛说。

方晓婉说："阿拉是个小女人，吃麦乳精都要一片一片地泡，调一调。"

陈家洛问邱宸："那两个案例，都是你一个人想出来的么？"

邱宸点点头。

"闷骚男肚子里才有货啊。我深信，微博将改变世界，改变中国。

不信，我们走着瞧！"陈家洛说。

"微博是自媒体，也是中国最真实的一块地方。要想活得幸福，就要天天活在新闻联播里；要想活得真实，就要天天泡在微博上。"武圣是新闻系的。

"将来我孩子长大了，想知道他妈妈年轻时什么样、做过什么，就看我的微博好了。"方晓婉说。

方晓婉说这些的时候，表情淡淡的，可是却不自然，唯有邱宸注意到了。

她是如何从大学肄业的呢？邱宸在想。这个上海小女人，跟他喜欢的夏知瑾完全不是一个类型，也不是秦小曼那种成熟风韵的女人。

Chapter 08
爱的PK战

@为你而微：

人的一生，容纳了无数的快乐、得志和赞美，
也收到了无数的悲痛、失望和仇恨。无论何种，
我都不后悔。生命的意义就是从绚烂到静美，
从激动到平淡。我像爱生命那样爱着你，我不
怕去品尝这一路的悲痛与快乐。

　　上海就是一个大超市，里面贩卖着各种需求，每天发生着很多故事。有卑微的小商贩，有算计着过日子的小市民，有油光满面的超市管理者，有牛逼的产品总代理，有一脸横肉的屠夫，还有进来随意消费的有钱人。在这个大城市，主角永远是那些高官、明星、富豪，草根们只是一粒很小的砂子。

　　在这个超市里，每天都发生故事或者事故。每个人都是记录者、参与者。微博时代，人人都是小喇叭，人人都是狗仔队，现实生活有什么，微博就有什么。

　　上海是一个需求很旺盛的地方，各种需求，各种欲望。

　　有门工作室就混迹在超市里，寻找着需求，贩卖着需求。

　　工作室现在兵精粮足，只差战事。

　　他们接到的第一个活，是一家泡芙工坊的订单。订单是方晓婉揽的，她每天光顾那家泡芙工坊，这家工坊据说承诺泡芙都是当天新鲜出炉的，目前在上海已经开了三十多家连锁店。方晓婉有一次就亲眼看到工坊里的师傅，端着几十个隔夜的泡芙，倒在外面的垃圾桶里。

　　此次微博创意几乎不用出奇出新，把师傅倒泡芙的场景还原一次就很有效果。陈家洛是导演兼摄像，武圣联系了同学实习的晚报，在晚报网上同步报道。视频出来，很像偷拍，陈家洛说要的就是这样的真实感。武圣点评："你毛片看多了。"

微博账号用的是方晓婉的@乐活在杭州，微博以无意间撞见工坊师傅倒掉隔夜泡芙为场景，很自然地对视频中工坊的诚信做法做了几句点评。方晓婉因此在微博上有了"泡芙妹妹"的称呼。

这个推广取得了不错的效果，一夜之间，这家小店暴红，以至于有网友专门排队去买这家工坊的泡芙。也有好奇心极强的网友，能蹲半夜，就是要看看这家工坊到底是不是真的会倒掉当天卖不出去的泡芙，结果蹲守了十几个店，无一例外，泡芙都是当天售罄，让这位网友很是郁闷。他在微博上跟帖，说："现在这家工坊的泡芙每天都不够卖，想吃隔夜泡芙都没得吃。"

微博就是个生产奇迹的地方，你再小再平凡，只要你的本质足够出色，抓住一个小小的机会，微博的快速传播绝对会让你一夜成名。

这个创意做完，入账两万块。还不错，基本够当月的房租和员工工资了。这家工坊很够意思，既然第一季的推广不错，他们主动要求以后每个季度，由有门出一个策划，在微博上继续推广。

工作室元旦正式开门。春节前几天，上海持续低温，办公室里空调带不动，几个人除了每天出去捕捉事件，回到办公室后只能靠聊天取暖。

武圣称自己和另外两个同事为"事件捕捉者"。

陈家洛装逼说自己是"灵魂猎手"。

方晓婉说自己什么也不是，只是一个"生活记录者"。

那年冬天，黄浦江的江水冰冷刺骨，低温纠缠了很长时间。有门工作室就像划了一根火柴，火柴棒上的磷粉就是泡芙工坊，磷粉燃尽后，焰火渐渐熄灭，归于冰冷。邱宸着急业务，当然更着急的是，他不能让这三个年轻人失去热情。

这三个年轻人，是工作室的希望，也都是他很看好的人才。

一天，邱宸从网上看到了一则视频。一个美国小伙子在玩打火机，手法令人叹为观止，技巧令人目不暇接。一枚小小的打火机，到了他手里，像被施了魔法一样，百转千回，好生叫人赞叹。

邱宸转发给了对面三个人，陈家洛看后，啪地拍了一下桌子："有了！"

邱宸看着他，说："先别说，我们每个人写个纸团，一起打开。"

四个人像诸葛孔明与周公瑾一样，一人写了一个纸团，同时放到桌子上。邱宸一个一个打开。

第一个是方晓婉的，她写了：手机。

第二个是陈家洛的，他同样写了：手机。

第三个是武圣的，他写了四个字：花式调酒。

第四个是邱宸的，他也写了：手机。

四个人一对眼儿，陈家洛说："还是孙子棋高一着。"武圣白了陈家洛一眼："孙子到底是年轻些，不如你们这些行将就木的老夫子老谋深算。"

邱宸觉得手机和花式调酒都可行。

手机的难点是演员难找，有几个人能把手机玩出花儿来呢？

花式调酒的难点是客户难找，自己和袁胖子都不喜欢泡吧，这几个年轻人也都没这个经济实力去泡吧，这方面的人脉资源实在少得可怜。

方晓婉说："我在数码城的时候，认识不少维修手机的，他们玩手机玩得很熟。"

这倒是个不错的思路，去数码城找人。

至于调酒，邱宸想到了一个人：秦小曼。

思路有了，剩下的就是去找客户。他们几个可都不在行，这需要大老板——袁胖子去搞定。

春节前，能谈妥其中一个，就算有的过年了。

袁胖子听了邱宸的创意，搓了搓手："这屋儿真冷啊。怎么没开空调？啊，开了啊？跟没开一样。看这空调这死样子，不冷不罢工，不热不罢工。不说空调了，你们觉得哪家手机最适合做这个推广？"

袁胖子站在窗边，远远看见黄浦江边某栋大厦的楼顶，竖着一块硕大的广告牌，袁胖子伸手一指，颇有指点江山的气度："你们看，那个，怎么样？"

方晓婉摇摇头："这个品牌不行，虽然现在是老大，但是他们对智能手机不感兴趣。我以前在数码港的时候，韩国Sam已经展现出赶超他们的势头。不知道您觉得Sam适合不？ Sam的目标是在智能手机这一块超过乔老爷的iPhone。他们或许喜欢我们这样的创意，吸引年轻人的眼球。"

"Sam？有搞头么？"袁胖子问其他人。

"有……吧……"

"到底有还是没有？"袁胖子又问了一次。

邱宸知道袁胖子在跟他们开玩笑，调动他们的情绪，就嘿嘿一笑："方晓婉分析得对，推哪个品牌对我们来说都一样，但是Sam确实更想引起年轻人的关注。只要你能说动Sam做一期看似非官方的微博推广，我们就能做好。"

袁胖子回去后，找了读MBA时的一个同学——快传CEO，其公司的主打产品快传软件专门为手机用户免费提供图片快速传输服务。Sam手机的操作系统用的全部是Android，而Android系统是快传的重点开发平台之一，因此快传与Sam有直接的业务合作。袁成刚由此联系上了Sam上海总部的策划总监金相成，韩国人。

袁成刚拜访金相成之前，反复问自己一个问题，Sam凭什么同意做这个微博推广？袁成刚能想到的理由无非这几个：推广费用低、更易获得年轻人的关注、尝试一下新的商业推广模式。

他感觉理由还不够充分，就给王冠雄去了个电话。

王冠雄沉吟了一会，给他提了两条建议：一是拿出一分钟时间，把视频毛片播放给金相成；二是告诉他并让他相信，微博营销将颠覆现有广告模式。

第一条容易做到，第二条就难了。如何让对方相信微博营销的前景？

这个问题让他挠头。他挪着小碎步，担负着将近190斤的体重，从徐家汇一直走到浦东，到了华润广场，还是没有思路。外滩凛冽的寒风却吹出了他一身的汗。他到了工作室，邱宸和其他三位同事正在讨论样片的拍摄。

"可愁煞寡人了！"袁胖子一声叹息。

四个人惊异地回头看着他。

"怎么才能让那个韩国人相信微博推广的巨大诱惑力呢？"袁胖子抛出了自己的问题。

邱宸问："联系上了？"

袁胖子挠挠头："联系是联系上了，我在想，怎么能一下子就找到Sam的兴奋点，让韩国人直接高潮呢？"

邱宸说："从感官上讲，文字最差，语言次之，视觉优于前两者，视听刺激最容易感染一个人。"

袁胖子嘿嘿一笑："有道理，看禁书不如看禁片过瘾。我需要一个视频短片，控制在五分钟之内，把微博的风骚展现得淋漓尽致。你们去做。"

袁胖子也纳闷，他一到工作室，就有了思路。他想到了一个剑走偏锋的办法，他要让任何人看了这个短片，都马上产生冲动。

"我想要的短片，你们懂的。只有一个宗旨：告诉对方，微博是个好玩意。"

邱宸接到了大老板的任务，马上做了分工，方晓婉负责去数码城寻找玩手机的江湖高手，他和武圣、陈家洛着手制作视频短片。

大致思路已经有了。

第一分钟，短片上来就告诉对方，微博从2009年上线到2010年底，注册用户直线飙升。然后分析注册用户的年龄构成、学历构成、职业分布情况。

第二分钟，推出微博的传播影响力。列举两个左右的突出案例，从发布微博的第一时间起，一小时、十二小时、二十四小时内的传播情况、社会影响等数据。

第三分钟起，重点推介微博营销。案例当然要用@有门微博自己的那两个，用数据详尽分析微博营销的妙处，与传统媒体的差异和优势。

这个短片就是要告诉Sam，玩微博的人群跟Sam的目标消费群十分吻合，在微博上做产品推广相当于定点引爆，而且微博推广比传统的广告更有吸引力。

@天翼哥哥是袁成刚通过王冠雄认识的，此人极热心。邱宸在制作短片的时候遇到了数据来源问题，袁成刚便求救了@天翼哥哥。

@天翼哥哥义不容辞，通过自己的渠道，提供了详尽的数据。后来，在跟有门工作室谈到竞争时，@天翼哥哥说："我们做的是项目营销、渠道营销，你这个工作室跟我完全不冲突。"

拿到了第一手的数据，陈家洛和武圣花了两天时间做了一个样片。

邱宸看了，不满意，这不是短片，更像个PPT。

陈家洛说："如果想更生动，最好做成动画，配音夸张些。可以选定某部动画片的风格，会很有效果，比如《蜡笔小新》，比如《喜洋洋与灰太狼》。但是时间太紧张，制作恐怕来不及。"

邱宸征求袁成刚的意见，袁成刚说："一定要控制在五分钟内，数据务求真实震撼，案例务求典型，画面务求精美。现在就按PPT去做吧，但是以后的营销，有门微博必须要制作一款通用、精彩、有感染力的推广短片。"

短片做好后，工作室开始准备制作针对Sam的创意样片。方晓婉从数码城找了大概十几个玩手机的高手，经过筛选，选定了两个人。她带这两个人去跟邱宸见面。

两人各带了一款Sam的智能手机，现场刷机后，手机被拆得七零八碎。邱宸和其他三个同事站在一旁，观看着即将开始的表演。

邱宸摁下秒表，说了一声开始。

两人啪啪啪地玩弄着一堆零件，两只手上下翻飞，十五秒，装机完成。然后，插数据线，连接电脑，装系统，安装邱宸规定的应用程序，并将指定的内容通过程序完成输入、剪辑、发送……

整个过程令人屏气凝神。

民间有高手，每个看过他们表演的人，都会这么感叹。

毫无疑问，这两个人，就是他们要找的。

陈家洛设计好了样片的大纲，这是一个关于两个年轻人追求一个漂亮女孩的故事：一个很漂亮的女孩，在数码城Sam专柜做销售顾问，两个年轻人同时喜欢上了她。为了赢得她的芳心，两人决定公平决斗，用一种最炫的方式向女孩示爱。一天，两人来到了专柜，同时要了Sam最新推出的一款智能手机。接下来的故事令女孩瞠目结舌，两个年轻人同时从包里掏出笔记本电脑，然后拆开手机包装盒，迅速投入战斗。拆机、安装、装系统、测试、装各种约定好的应用软件、试用、调试，同时通过微博关注这个女孩、向女孩发送微博信息……

女主角启用了方晓婉。

样片拍出来后，袁胖子非常满意。

春节前的一周，他带着工作室全部班底，一行五人，坐在了Sam上海总部的多功能会议室。袁胖子在路上说："我们这才是名副其实的'移动公司'，一部车就装载了一个公司的所有人马。"

Sam方参与会谈的除了金相成和他部门的两个同事外，令人意外的是，他们社长恰好有时间，也参加了这次会谈。韩国人非常讲究对等，他们同样派出了五人参加。这样，双方才都不会有话语不对等的心理压力。

袁胖子临时改变了策略，把样片放在了前面，用两分钟的时间，播放了这段给Sam做的视频。播放完毕后，对方五个人很吃惊，但是从他们的眼神里可以看到一丝惊喜。袁胖子心里稍微有了底气。

社长问："这个视频如果放在微博上，会有多少人看到？"

袁胖子让陈家洛打开第二段片子，这段片子以详尽的数据和典型的案例，向社长作了回答。

社长还是在问同样一个问题。

袁胖子看了一眼邱宸，邱宸说："微博转发加视频点击，起码能做到10万人次。"

金相成说："我们做一个广告推广，要求受众至少要在千万级别。而且总部对产品定位、宣传计划都有极其严格的要求，恐怕你们这种方式，不会得到总部支持。"

邱宸说："不论纸质媒体还是电视媒体，其受众群体我们称之为被动受众群。以1000万为基数，其中有效受众按10%计算，还剩100万。这100万受众群中，Sam的目标客户能有多少？而喜欢玩微博的群体中，刚才我们的数据显示，追求时尚的年轻人占了很大比例，这与Sam的客户定位是一致的。而且这条视频发布后，每一次观看、每一次转发评论，都是他们自发主动的行为，他们形成购买力的比例要远高于传统媒体，我们称之为定点爆破。"

金相成说："你们的推广案例太少了，对你们的团队和制作水准我们也表示怀疑。"

袁胖子："我们是一间刚刚成立不久的工作室，没有庞大的制作团队。不怕贵司见笑，我们五个人，就是公司全部员工。但是，我们从成立的第一天起，就一直在做两件事，一个是创意，一个是微博影响力。目前，专门从事微博营销的公司都刚刚起步，但是这种推广模式将是颠覆性的。我们希望能得到Sam的认可，也希望Sam能意识到微博推广的前瞻性。Sam以时尚和多变赢得了市场和客户，我不认为Sam会拒绝尝试新鲜。我更相信Sam愿意因为这次微博推广，再次在市场推广方式上走在同行前面。我们之所以选择Sam，就是觉得Sam是电子产品领域的尝鲜者，这与我们工作室的定位是一致的。"

社长很久没说话，袁成刚讲完后，他说："请再次介绍一下您公司的所有同仁。"

袁胖子看了一眼邱宸，说："这位是工作室策划总监，邱宸。他曾经是热麦电子商务公司的视觉设计师、官方微博运营者，我们工作室前期所有的创意都来自他，我称他为创意发现者。

"这位是武圣，刚刚毕业，新闻系，微博控。他如果痴迷一件事，会很疯魔，很专注。他曾经在宿舍原创了很多段子。

"这位是方晓婉，一个地道的上海弄堂女孩，曾经在数码城做手机营销。上面那个短片中您也看到她出镜了，那两个玩手机很炫的年轻人就是她发掘的。她对上海的一草一木都非常敏感，是一位生活观察家。

"这位是陈家洛，上海戏剧学院导演系，一个离经叛道的非常有才华的年轻人。他愿意加入我们工作室，我们很高兴。"

社长听完，不置可否，他说："如果有机会，Sam非常愿意做各种新鲜的尝试，这也是Sam的成功之道。"

从Sam总部出来，几个人心里都觉得没底。唯有邱宸说："这事成了。"

方晓婉说："我觉得他们根本就看不上我们这个小公司，班底太薄弱了，也没有与大公司合作的案例。"

邱宸说："这个社长对我们有兴趣。"

武圣闷头不吭声，不知在手机上玩什么。

陈家洛说："我们的创意是一流的，拍摄条件是二流的，拍出来的样片是三流的。我们的制作确实不行。"

这时，武圣说话了："我刚才查了这个社长的简历，他以前是Sam韩国总部的设计师，一直坚持产品创新，他说创意是一切，是灵魂。"

邱宸说："他对我们很感兴趣，否则他不会有兴趣知道我们每个人的背景的。他就是想知道我们五个人里面有几个是专注于创意的。"

感兴趣归感兴趣，货还是要过硬。袁胖子开着车，顺着西北风南下，直奔华润大厦。从Sam总部出来，每个人的心情有一些兴奋，也有不少的忐忑。Sam到底会不会看上名不见经传的有门工作室,这个不好说。

等待的煎熬如同被法院宣布改日再审。这种情绪持续到春节放假的前一天,仍旧没有丝毫破冰的迹象。

邱宸想鼓动袁胖子从侧面打听一下,又觉得这事不能追问得太急,好像工作室就等Sam这袋子米下锅似的。虽然,其实就是在等Sam。

邱宸对三个同事宣布了春节放假时间,心里对Sam已经不抱希望。他希望春节后,这三个同事都能按时归队上班,只是他不敢对这个期待抱太多的希望。袁胖子从公司账户提了一万块,给他们三个一人三千,算是年终奖。剩下一千,大家伙一起吃了个饭,算是节前聚餐。

直到放假前的那个下午,三个人跟邱宸和袁胖子打了招呼,一一离开公司,也没等到Sam方面的消息。邱宸已经做好了损兵折将的准备。

这个春节是邱宸有史以来过得最不如意的一个。

在忙碌的工作状态中,邱宸仍念念不忘夏知瑾。不知道她在干什么,她现在是不是正和郭向平出双入对,她有没有想过自己。人就是这样,即使这个女人没有在你身边,没有喜欢你,但是你总是心有不甘,不愿意去见下一个,甚至觉得这辈子就没有下一个。这段时间,邱宸把自己的身心都给了工作,但唯独有那么一个小小的角落,放着"夏知瑾"三个字。

很多时候,邱宸开着微博,看着夏知瑾上线下线,停留、停留30分钟是在聊天,停留20分钟是找内容,停留10分钟是找人。邱宸对微博太了解了,因为了解,他看到的比普通人多很多,而知道太多是一种痛苦。

袁胖子为排解他的寂寞,几乎每天都约他打麻将。一个人的时候,最寂寞。他想起了@为你而微。拿起手机,登录了@为你而微,私信一大堆,@一大堆。他很抱歉,不能给网友一个幸福的答案。他几乎把这个爱情的田园给荒芜掉了。这个账号还有什么意思呢,关了吧。邱宸想。

手落在键盘上的那一刻,邱宸眼睛发热。这上面的每一个字,每一个标点符号,都是邱宸对夏知瑾的浓浓爱意。他可以关掉微博,删掉每一个字，却删不掉夏知瑾在他内心的位置。人的所有事件可以分为重要不紧急，紧急不重要，但是人的感情只有重要和不重要两种。人可以决定自己的地理位置在哪里，但是，无法选择自己的感情归属。情感只能被掩盖而不会被消除，爱有很多方式，默默的爱强烈的爱……无论爱的方式如何，背后都有一颗爱的心。

此刻，他对夏知瑾的思念如潮水般涌上来，让他觉得放假真不是件好事。

他想给夏知瑾打个电话，却迟迟拨不出去。最终，只是从千篇一律的新年祝福短信中，挑了一条最普通最俗气的，发送给她，以此掩饰他仍不曾熄灭的爱火。

夏知瑾好久没见到邱宸，心里居然有些暗暗地想念他。她收到邱宸短信的那一刻，心跳有些加速，她心里是渴望收到来自这块木头的消息的。可是，当她打开短信时，顿时感觉失望极了。这块木头只是随手给她发了一条祝福短信，可能是跟其他普通朋友一起群发的。

群发，嘿，我只是他手机通讯录上一个普通的名字罢了。

人就是这么贱，唾手可得的时候不懂得好好思量，当爱已不在，心里却丝丝缕缕地纠缠起来。

夏知瑾一个人躺在沙发里，太阳从窗帘缝里斜射进来，懒洋洋地照着她失落的面庞。此刻，这块木头在干嘛呢？他会不会时不时地想起我们在一起的时光，就如这一缕阳光，散漫却遍布力所能及的地方？

夏知瑾一个人发着呆，她想起了这块木头刚进热麦时的猥琐样儿，想起了植树时他偏执地批评一件大家看来都是好事的活动，想起了他陪她去大闹前男友的订婚晚宴，还有他深藏不露却时时如醍醐灌顶的思想。

木头兄被迫离开热麦，自己是做了积极的帮凶的。想到这里，她心里就对邱宸有一丝愧疚以及女人特有的爱怜。直到他向自己笨拙地表白，呵呵，当时他的窘迫样儿还挺好玩儿。如果当时这块木头什么也不说，直接拉起自己的手，自己会怎么办？我会毫不犹豫地跟他走么？或许会的，夏知瑾对自己浅浅一笑，骂道，你这个没出息的货。

她决定见见这块木头，她想他了。

夏知瑾走出门，外面阳光灿烂起来。她甚至有些迫不及待地要见到这块木头。

她轻松地跳跃着小步子，向邱宸的住所溜达去。她突然出现在他家里，这块木头会是什么表情？嘿嘿！

如果不是秦小曼开车找上门，邱宸这一个春节假期都会宅在家里。

秦小曼今天没化妆，素淡得很，衣服也挑了最简单的。原来她素颜的时候，也那么有女人味。可是，邱宸没心情对另一个女人进行品评。他没注意到，秦小曼的发型也换了，换成了一个干练清爽的发型。

秦小曼是憋着劲要把邱宸灌醉的。

邱宸不胜酒力，胃里翻江倒海，七荤八素。秦小曼陪着他，走在黄浦江边。秦小曼劝他："好女人多得是，何必苦苦恋着夏知瑾。"

邱宸一笑："天涯何处无芳草，何必独恋一穷枝，劝人都这么劝，又有几个人能放得下？也不知道夏知瑾现在怎么样了。"他看了秦小曼一眼，秦小曼是什么样的人啊，马上就懂了他的意思。

"她现在是董事长助理，每天忙得不可开交，我也十多天没见她了。她还是一个人呢。"

呵呵，忙得不可开交，那当然了。不知为什么，邱宸听说夏知瑾高升为董事长助理后，觉得自己已经彻底远离了这个让他魂牵梦绕睡不着觉的女孩。邱宸跟秦小曼说："我们再去喝点吧。"

秦小曼陪着他，说去MUSE。

邱宸说："不去，我们买点啤酒，就坐在江边喝好了。"秦小曼去买了一提易拉罐青啤，12支。两人就坐在江边，谁也不劝谁，想起来就喝几口。

午夜的上海滩，灯红酒绿，分外迷离。江面上的冷风吹得人瑟瑟发抖。秦小曼说："我冷。"她慢慢靠近了邱宸，她愿意这么靠着他。

邱宸抱着她，如若无物。

喝光了所有啤酒后，两人依偎着，在马路上晃悠着，漫无目的地走。秦小曼指着前面的一家酒店说："进去歇歇吧。"邱宸说好。

两人进了酒店，秦小曼用自己的身份证开了房间。

酒店里暖意融融，邱宸和衣躺在床上，迷迷糊糊地失去了意识。进门的时候，他还是抱着她的。

秦小曼帮邱宸脱了衣服，擦了脸。看他下面软软的，秦小曼觉得这个男人，对自己一点欲望也没有。她也脱了衣服，躺在他身边，把头枕在他臂弯里。

早上的阳光透过窗帘，斜射到床上。

邱宸睁开眼，看到身边的秦小曼。他坐起来，却被秦小曼起身压倒在床上。

邱宸闻到了秦小曼身上散发出来的女人的气息，那气息让他不能自已。秦小曼此刻趴在他身上，头埋在他的胸膛上。她只穿着内衣，身体玲珑曼妙。

秦小曼感觉到了邱宸身体的变化，她闭着眼，轻轻地吻着他的胸膛。

邱宸身上的这个女人，每一寸肌肤都散发着诱人的气息。他咽了一口唾沫，犹豫了一下，把秦小曼搂在怀里，轻轻地吻了一下她的额头。秦小曼顺势将嘴凑了上去，两个寂寞的人拥吻在一起，很久。邱宸不敢睁开眼睛，秦小曼的气息很好闻，身体很柔软，他想就一直这样抱着她……

"我好不好？"秦小曼看着这个自己喜欢的男人，心里竟有些发虚。

"你很好。"邱宸说的是实话，他认识秦小曼那天起，一直就是这么认为的。

"你会喜欢我吗？"

"我……"

"你知道我喜欢你吗？我知道你为夏知瑾开了微博，那个微博每一条、每一个字，我都读过。刚开始，我并不知道这是你的，但是那时我就在想，如果我遇见一个这样的男人，我一定会喜欢他。那天，在酒吧，你喝醉了，是我送你回家的。我看到了这个微博，我当时心里怎么想的，你知道吗？天啊，这个男人居然就在我身边。我知道你喜欢夏知瑾，一直都喜欢，现在仍旧喜欢。可是，我不介意你喜欢她，如果你不是这么痴情，或许我也不会爱上你。夏知瑾是个好女孩，她值得你这么为她付出。可是，爱是相互的，你明白吗？"

秦小曼对邱宸吐露了一切。

邱宸看着眼前这个熟悉的陌生人。

她没有错，只是选错了人，来错了时间。如果不是已经爱上了夏知瑾，邱宸心想，他一定会对秦小曼动心的。

"我……你懂的……"邱宸说。

"我知道。我不怪你，我会等你放下她。"秦小曼已经穿好了衣服，婷婷地站在邱宸面前。邱宸这才注意到，秦小曼居然理了一个那么清爽的发型。

"也许……我不值得你这样。微博上的表达，并不代表……"

"我有我自己的感觉。你虽然不善表达，可是你有思想，你不呆板，我知道自己喜欢你什么。"秦小曼很清楚自己到底喜欢邱宸哪一点。

邱宸从酒店出来，感觉外面的阳光也挺好。被人喜欢的感觉总是美妙的。

自从秦小曼发觉自己爱上了邱宸，她去静博士美容养生的次数更多了。她希望每次见到邱宸，都是自己最美的时候。这间美容店，她以前常常和夏知瑾一起去。最近，她却经常一个人去。她不希望被夏知瑾发现自己越来越偏向于她的风格。

为了邱宸，她修了一个清爽的短发；为了邱宸，她每天坚持锻炼，保持体形；甚至，她去静博士美容的次数也增多了。其实，秦小曼知道，自己已经够美了。她去静博士，也只是做保养。她也明白，爱一个人，不能迷失自己，可是她还是忍不住很注意邱宸的喜好。

夏知瑾蹦跶到了邱宸的楼下，想给这块木头一个惊喜。可是，她却发现一部奥迪Q7赫然停在楼下，夏知瑾当时就如冰雕一样，瞬间凝固住了。这是秦小曼的车。她的脚步慢慢退缩，一直退到一个角落里。

她看见邱宸和秦小曼一前一后下了楼，然后上车。

她突然明白，秦小曼之前一直在暗示自己，她很喜欢这块木头。现在，他们俩出双入对，走在她面前。你这块死木头！夏知瑾心里骂道。

她心里突然感觉到了似曾相识的悲伤和难过，没错，这种感觉跟她发现自己前男友跟别的女孩在一起时是一模一样的。

女孩子可能这辈子最不能忍受的就是看到自己的闺密和自己的男人交往过密，即使嘴上大度，其实心里绝对有很多抱怨，不说罢了。

夏知瑾气急败坏——这才几天，这块木头就跟自己最好的闺蜜勾搭上了，他还说喜欢我，爱我！好，你们去疯狂吧，我才不稀罕！

她跺着脚，气呼呼地按原路返回。

春节假期过去了。

上班的第一天，邱宸故意提前一站出了地铁站。他走着往公司去，路上，他很忐忑，他不敢肯定今天准时上班的有几个，或许一个都不会有。虽然，春节他们都发了短信，祝福新春快乐，祝福有门有新的突破。

当他打开办公室门的时候，他发现，武圣、陈家洛、方晓婉，三个人脸上洋溢着还未退去的新春喜气，正等着他呢。

他的好心情突然迸发出来，觉得振奋极了。

他跟他们每一个人都打了招呼，而他们给他的惊喜就是每个人都在春节拍了很多照片和视频，攒了一堆的奇闻异事，发了一堆的微博。

这是三个多么可爱的年轻人。

这三个年轻人，争相展示着自己假期的收获，炫耀着自己哪条微博涨了多少粉，被转发了多少次。这种情绪深深地感染了邱宸，邱宸自责自己整个假期什么都没做，甚至他们的微博他都没看。

　　下午，方晓婉接到了一个电话，她接起来后，转给了邱宸。同时，自己已经迫不及待地雀跃起来，尽量压低自己的声音，跟武圣和陈家洛说："是韩国人，是个韩国人！"

　　武圣和陈家洛听到这个消息，也从座位上站起来，仿佛Sam的单子已经拿下了。

　　消息确如方晓婉感觉的那样美妙，Sam策划总监金相成打电话来，约邱宸和袁成刚明天上午再去一趟Sam总部，他说社长对这个策划很感兴趣，想做一次尝试。

　　邱宸挂了电话，一下子从座位上跳起来："有门，有门！"

　　四个人兴奋地在不大的办公室里来回走着，Sam让他们感觉到了收获的喜悦，这是这三个年轻人第一次体验到收获的美妙。Sam，可是世界性的大公司，这是很值得庆贺的事情。

　　邱宸第一时间通知了袁胖子。

　　他们要做一个惊世骇俗的创意，给所有人看。

　　这就是他们的目标。

　　第二天上午，这间"移动公司"全体员工再次出现在Sam的多功能会议室。

　　韩国人用中文向他们每个人祝贺新春快乐。关于合作的细节，双方每一条都谈得特别详细。

　　Sam建议拍摄场地就放在数码城的Sam专柜，这样才有真实的效果。这一点，有门工作室是完全赞成的。

　　Sam建议演员就用样片中的三个人，不过要由Sam上海总部负责形象培训和包装。

　　Sam主动提出由他们的官方微博协助推广，邱宸则提出有关这则推广的官方微博内容由@有门微博撰写，并由@Sam官方微博发送。邱宸想一箭双雕，通过展示自己的行文风格，看看有没有机会拿下@Sam官方微博的运营。

两周后，万事俱备。

一条微博经由一个名不见经传的账号，发了出去。

@小妞妞：神一样的指法，神一样的求爱pk！简直强爆了！（视频链接）

这条微博发出去后，第一分钟内，有门工作室的70个账号，迅速进行了转发评论。十分钟后，转发就超过了100条，评论超过了100条。工作室的几个大号@有门微博、@上海活地图、@教你如何玩转智能手机、@电影邮递员、@偷拍专区等现在都拥有10000以上的粉丝，这些大号对Sam视频的转发，迅速形成了二次转发。

袁胖子则早就联系了@互联网信徒王冠雄、@yule、@天翼哥哥、@杜子建、@赵清晖、@黑马良驹等知名微博，在视频上线的很短时间内，@了他们，他们迅速转发并评论。袁胖子的MBA课真的出效果了。

一个小时内，内部推广基本完成。

网友的热情完全被激发出来，毫无疑问，视频短片中，两个小伙子手上的绝活无论谁看了都会叹为观止，看完后不自觉地就想转发，想评论，赞叹一下他们神乎其神的技艺。

这条微博是中午12点发出的，第一波内部转发过去后，恰好是12点30分到13点。这个时段，正是午休时间，也是微博发帖量和浏览量的高峰时段。

六个小时后，下午6点，再次迎来了微博高峰，一直持续到晚上11点以后。

邱宸和工作室的每个人，眼睛直勾勾地盯在转发量上。看着噌噌直窜的数据，他们心里清楚，这事，成了。截至当天凌晨，转发量超过五万条，评论超过四万条。这在岁末年初的2011年，微博诞生不过一年多的时刻，已经是相当惊人的成绩了。

第二天，邱宸打电话给Sam，建议暂缓@Sam官方微博的介入，这样可能导致商业运作痕迹太过明显。Sam接受了这样的建议。

这条微博在热门转发榜、热门评论榜上，都排在了前三位。

24小时后，也就是第二天中午，离八万条的转发量已经越来越近。这意味着，有门与Sam的合同条款中，转发量未达到八万条视为无效推广的条款，即将被突破。而一旦转发突破八万条，则所有转发均视为有效转发，Sam会按每条1.2元的标准付费。

下午1点，转发轻松突破八万。

办公室里一阵沸腾，"我们成了"，"我们成了"，每个人都兴奋地涨红了脸。这是属于每个人的成绩。

邱宸此刻在想，如何才能更多？

他想到了视频中的三个演员，如果让他们出来现身说法，效果会是什么样呢？

这个想法，武圣和陈家洛十分赞成，方晓婉有些犹豫。毕竟这涉及她个人的事情。而且，搞不好会影响到她的个人生活，这也是邱宸担心的。

这个想法暂时被否定了。

有门工作室虽然以微博推广为主营业务，但是不能为了收益而不考虑社会影响。这样的事，邱宸是决不会做的。

根据邱宸的估算，这条推广，应该在48小时后达到峰值，之后便会逐步冷却。第三天的中午，转发量达到了12万。Sam方面非常满意，各种榜单几乎都进了前五名。

按照合同约定，转发量超过保底八万条后，Sam应该以五万条为单位，向有门支付佣金。Sam很讲信用，马上支付了前10万条的费用，合计12万元。

第三天下午，Sam策划总监金相成亲自打电话过来，表达了对这次合作的感谢，并提出希望由有门代理Sam所有的微博策划案。

这是一个令人振奋的消息，因为Sam每推出一款新的产品，都有做策划推广的需求。按照目前智能手机的推出周期，Sam每年至少要推出两款新产品。

但是，金相成在最后提出了一个令邱宸为难的要求，他要求有门想办法把转发量做到20万，Sam想把这一款主打新机型的推广做到极致，成为微博营销的一个巅峰案例。

在微博上炒冷饭，是一件十分困难的事情，很难炒热。

邱宸把Sam的情况跟大家讲了，大家听后，又振奋，又挠头。怎么才能做到20万的转发量？

每个人都想过要炒作一下视频中的三个人物，但这个念头却都一闪而过，这已经被邱宸否掉了。

方晓婉主动提出来要尝试一下，邱宸很坚决地否定了。他很严肃地跟方晓婉说："你们三个都是工作室的非卖品。"

邱宸的态度，让三个人很感动。君子爱财，取之有道。

Sam的这个要求，即便是袁胖子亲自驾临工作室，也只有挠头的份儿。20万，妈呀，上哪给他们偷去？

"亲爱的才子们，开动你们的大脑发动机，想一个创意出来吧！老衲真是没辙了啊！"袁胖子急得鼻尖都冒汗了。

"贫僧倒有一主意，我们可以撇开里面的爱情，单把玩手机耍酷的部分摘出来，让Sam官方微博做一个有奖比赛，奖品Sam出，平台是Sam官方微博，但是要由我们来运作这个活动。"陈家洛提议。

这倒不失为一个好主意。

五个人一合计，方案基本通过，但是效果不敢预期，成与不成，Sam必须认可才行。

武圣起草了一个预案，交给袁成刚。袁成刚和邱宸第二天到Sam总部去谈。

金相成开门见山："贵工作室做的第一个策划方案，非常有效果，社长也很满意。所以，Sam希望这个创意可以持续更长时间，因此提出20万的数量要求，希望这一次我们仍可以合作成功。"

"微博传播，自有它的规律在里面。根据我们的统计，一条微博的生命旺盛期是在发出后的72小时内，超出这个时段，它的生命就会进入衰减期。目前，我们这个创意的转发量接近13万，而到今天中午，距离发出这条微博马上就满72小时了。所以，我们认为，做到20万条的困难很大。"袁胖子并没有急于抛出自己的方案。

金相成点点头，表示理解："我们社长很有诚意与你们长期合作。"

袁成刚明白他的意思，无论如何，也要想办法给他们做成这件事，否则后面的合作就悬了。

"我们工作室当然希望跟Sam达成长期合作协议，但是客观的情况和困难还是要提出来。希望Sam理解！"

金相成撼了一下自己的金框眼镜，马上敏锐地捕捉到了袁成刚刚才的意思。他呵呵一笑，"看来袁经理已经有方案了。"

袁成刚佩服他的洞察力："是的，我们工作室做了一个初步的方案，这个方案需要Sam认可并配合。"

邱宸把方案演示给Sam看了一遍，然后提出了问题："我们的建议是，这个策划在推广期间，Sam的官方微博由我们代运营。这个方案属于炒冷饭，实际效果到底如何，我们无法预期，希望Sam理解。"

金相成考虑了一下："Sam答应这个条件，同时会全力配合你们的推广。"

有门接管了@Sam官方微博。

@Sam官方微博：民间有高人哦，亲！太炫了！Sam现招募手机达人，只要你手机玩得好，就可报名，赛季三甲可获得全套Sam电子装备和五万元培训基金，并有可能成为Sam高级员工，获得赴韩国总部培训机会哦。报名参赛请登录Sam官方网站www.sam.com。

@Sam官方微博的关注和活动的启幕，马上把这条微博再次带了起来。转发和评论双线提升，势头很猛。只要是关于此次活动的转发量，都算在工作室与Sam的数据统计范围内，这每一条可都是真金白银。

但是，商业运作的痕迹同时也引起了一些微博研究机构的关注，微博上@小妞妞的身份之谜相信用不了多久就会被揭开。对工作室来讲，这是一把双刃剑。网友会对这个账号失去兴趣，但是会获得更多企业的关注。

袁成刚定了调子："被人发现是微博推广账号，这是必然的。出来混，迟早要还的，人在江湖飘，哪能不挨刀。只要我们保持高水准的创意制作，所有问题都不是问题。"

由于第一季活动只在上海举办，限制了很多外地网友的热情，但是微博的关注度丝毫热情不减。

初赛陆续安排展开，比赛情况也即时通过微博进行报道，这样一来，@Sam官方微博就形成了一个互动良好而且持续关注的平台。这是Sam最希望看到的结果。

上周，邱宸联系了秦小曼，希望能给上海几个知名的酒吧做微博推广。

秦小曼接到邱宸的电话，心里十分高兴。那天之后，秦小曼就懊悔自己冲动了，不该带邱宸去酒店开房。她担心邱宸认为自己是个风骚女人，不再搭理自己了。

邱宸并没有因为那天的事耿耿于怀，不是邱宸想玩暧昧，是他把事情分得很清楚。秦小曼这么分析：这样的男人，进退有度，有层次感。

行业里有句话：穷玩车，富玩表。秦小曼有大把的机会接触到上海乃至全国各地的名流，一些高端的酒吧、会所，她也很熟，有不少就是这个圈子里的朋友开的。

MUSE的老板是一位香港的明星，秦小曼跟她私人关系不错，所以她联系MUSE，想帮邱宸做一下推介。这位女明星听说后，表示MUSE是会员制私人会所，花式调酒那种炫酷的热闹气氛跟酒吧的定位不是特别相符，她很抱歉，但是承诺一定帮秦小曼找一家愿意做这个推广的店。

几天后，女明星就回了消息，说她一个朋友在上海刚开了一家酒吧，正好需要做推介。秦小曼听说后，马上联系了ONEX酒吧。能帮邱宸做点事，她开心得不行。

这几天她也最关注邱宸的工作室，看动静，应该是拿下了Sam。我看中的男人，错不了。她得意洋洋地这么想。不过，她还是愿意锦上添花，帮他把ONEX酒吧这个单子争取下来。

同时在关注@有门微博的，还有另一个人——夏知瑾。

自从那天亲眼看见邱宸和秦小曼两人，她发誓要成全他俩。可是，回到家，她变卦了。一想起他俩在一起，她心里就莫名地嫉妒。越是这样，她越是赌气不跟那块死木头联系。可是，不联系归不联系，她却一直关注着他。

现在夏知瑾觉得自己快成了一个网络侦探，她敏锐地挺着鼻子，到处嗅来嗅去，希望能发现与@有门微博有关的任何蛛丝马迹。春节前，@有门微博转发了@乐活在杭州那则关于泡芙工坊的视频，她就在猜，这个@乐活在杭州是不是@有门微博的小号呢？

后来，关于手机达人追女生的那则消息，@有门微博也转发了。此时，有别的微博营销工作室跟她联系，想代运营@热麦官方微博。她假装不经意地问起了这个视频，对方很肯定地说，这是一次商业推广。

她认定，这是邱宸的工作室给Sam做的一次策划。在有门工作室接手@Sam官方微博后，她基本确认了自己的猜测。这语言风格，这口气，太像邱宸在热麦做官方微博的特点了。

想起这块木头，她爱意和醋意渐浓。

秦小曼给夏知瑾打电话，约她吃饭。夏知瑾心说，哼，有了好事也不告诉我，偷偷摸摸的，女人都是自私的。

夏知瑾故作不经意地捎带了一句："叫上木头兄吧，好久不见他了，这厮装死还是趴哪儿冬眠呢。"

秦小曼愣了一下，尴尬笑道："想他了？"

夏知瑾说："嗯，我想死他了，这块死木头。"

秦小曼心里一阵不悦，说："想他，就亲自给他打电话，我不代劳。"

装吧，继续装吧。夏知瑾心说。

"还是你打吧，我不稀罕他。"夏知瑾酸酸地说。

秦小曼打电话给邱宸，说前段时间给他联系了一家酒吧，基本成了，要约他一起吃饭。

邱宸说："那应该我请你的。"

秦小曼说："不用，我请，还有一个人。"

邱宸听了心里涌起各种滋味，夏知瑾，他深深眷恋的那个人。他是多么想她啊，他拼命地工作就是为了不想她。男人能花大心思追求的，除了心爱的女人，只有事业了。无数成功人士都是情场失意，转而潜心于事业。对待无奈的爱情，很多人的选择只有发奋图强。无法在情感上成就，就让事业的晕轮掩盖内心的痛苦。他曾无数次在想，夏知瑾会不会偶尔想起自己，会不会？

三个人已经好久没有一起吃饭了。

邱宸再次见到夏知瑾，心中对她的思念竟然丝毫没有衰减。此刻，她就坐在自己对面，邱宸却愈发想念她。看到她纤细的身体，邱宸有强烈的拥抱她的冲动。看到边上的秦小曼，他脸红了一下，有点不知所措。

夏知瑾还是那么简单，那么利索。她还是穿着自己喜欢的蓝色牛仔裤，一件橘红的毛线衣，一件简单的外套，还是齐肩的头发，脸庞那么白净，笑声那么干脆。邱宸忘不了她，他太想她了，再次见到她，恍如隔世，悲喜齐齐地涌上心头。他很想对她说：我很想你，你知道吗？

所有的思念化为沉默，邱宸像一块木头。

他的眼睛有些湿润。

秦小曼守护着属于自己的秘密，绝口不提她和邱宸的事。

她不时地瞄邱宸一眼，邱宸还是那么沉默，但是眼神里偶尔闪过一丝浓情的光亮。她知道，邱宸对夏知瑾还是念念不忘。

邱宸的沉默，在夏知瑾看来是他移情别恋的尴尬，是朝三暮四的内疚。

夏知瑾问起邱宸工作室的情况，邱宸简单地做了介绍。

夏知瑾装作饶有兴趣地问了很多问题，赞叹他们现在成了Sam的合作伙伴，惊叹他们工作室的创意。邱宸也会提及现在办公室的氛围，对武圣、方晓婉和陈家洛大为赞赏，说他们工作投入，性格迥异，又非常有意思。

看来，这块木头对现在的工作非常投入，热情高涨。

夏知瑾叹了一口气，说："你们的工作氛围真是好。"

秦小曼跟邱宸讲了那家新开的酒吧愿意做一期微博推广，邱宸敬了秦小曼一杯，谢谢她为工作室作出的努力。秦小曼感到邱宸刻意的客气，心里很不是滋味。

夏知瑾嘿嘿一笑，说："一个成功男人的背后，必然有一个鼎力相助的女人呢。"

秦小曼几乎忍不住警告夏知瑾，如果她不喜欢邱宸，那自己就要挑明了，对邱宸下手了。

可是，她还是忍住了。她觉得邱宸喜欢春风化雨那种细腻的感情。

邱宸听了夏知瑾的话，忍不住急着想辩解一下，却不好驳了秦小曼的一片热情，只好作罢。

夏知瑾怀着醋意，又有种窥探到别人秘密的空明。她心里说，你们两个太不厚道了，好事成了最不济也要告诉我一声吧?

三个人，各怀心事。

Chapter 09

爱与恨是一对欢喜冤家

@为你而微：

爱与恨是一对欢喜冤家，两个相爱的人，有一半的时候是在猜忌恼怒对方的，无爱便无恨，有爱才有恨。恨，是爱的变异品种，它可以让两个人更加相爱，也可以让两个人分道扬镳。

邱宸给ONEX酒吧做的创意，通过@乐活在杭州发了出去。然后，几个大号做了转发推荐。这种小推广对工作室来讲，已经轻车熟路。

ONEX老板为了表达合作的谢意，给了邱宸一张白金会员卡，凭此卡，可以永久6折消费。办公室的小年轻，经常借了去泡吧。其实，邱宸也不大，才28岁，只是他不大喜欢去那里，觉得太嘈杂。

年中聚会的时候，他们几个极力鼓动邱宸去那里高兴一下，以好好庆祝工作室这半年来的业绩。邱宸当然会听从他们的意见，这半年，这三个年轻人把所有的热情都投入到了工作室的策划上。有时候为了完成一个创意，他们三个很乐意加班到晚上11点。他们的热情，无时无刻不在感染着邱宸。

邱宸在@有门微博上发了这条消息，顺便也算是给ONEX做了一次免费的推广。谁知道竟然被ONEX老板看见了，亲自打电话过来说，全免单。

这条消息，夏知瑾看到了，秦小曼也看到了。

晚上8点，有门工作室的聚会就开始了。这不是一次私密聚会，他们选择了坐在大厅。酒吧夜场的表演还没开始。

夏知瑾则早早就过来了，挑选了一个最昏暗的角落坐下来，注视着酒吧里所有的人。8点的时候，她看到了一行五人，进入酒吧。为首的，赫然是一个胖子，这就是传说中的袁胖子了。秦小曼则是10点才到场，夏知瑾没注意到。

晚上9点半，邱宸已经基本被两杯洋酒放倒了。得到了酒吧老板的许可，三个年轻人决定今晚纵情放肆一下。他们冲上舞台，武圣占据了架子鼓，陈家洛操起了电吉他，方晓婉唱歌，声音很好听，颇有老上海曼妙回转的韵味。

年轻人的热情自己是用不完的，他们齐刷刷地起哄，逼迫袁胖子上了台。袁胖子毫不含糊，上台嚎叫了几首歌，不算中听，但是足够洪亮。

今晚的压轴惊喜注定是留给邱宸的。

邱宸当时正斜躺在沙发上迷糊，武圣拿着麦克风，突然正经起来："我们大当家的刚才跟我说，我们二当家的一直暗恋着一个女孩。我听说，音乐是有灵魂的，它会把痴情人的衷肠倾诉到爱人的心里！你们相信爱情吗？如果你们相信，就跟我喊吧！"

"邱宸！邱宸！"

"邱宸！邱宸！"

陈家洛拿着DV，他要记录下这一时刻。

方晓婉摇醒了邱宸。邱宸早就醒了，只是还迷糊。

音乐是有灵魂的吗？那就让音乐燃烧自己，借音乐麻醉自己吧。邱宸脱了鞋，卷起裤管，赤脚跑上了舞台。

秦小曼看着自己中意的男人，如此疯狂，如此洒脱地挣脱了自我。

邱宸的嗓音可以如此狂野，也可以如此深情，这是夏知瑾未曾预料，也从未见识过的。

邱宸先唱了Bryan Adams的那首《Everything I Do，I Do It for You》。

Look into my eyes you will see

What you mean to me

Search your heart

Search your soul

And when you find me there you'll search no more

Don't tell me it's not worth tryin' for

You can't tell me it's not worth dyin' for

You know it's true

Everything I do

I do it for you

Look into your heart you will find

There's nothin' there to hide

Take me as I am take my life

I would give it all I would sacrifice

Don't tell me it's not worth fightin' for

I can't help it there's nothin' I want more

You know it's true

Everything I do

I do it for you

There's no love like your love

And no other could give more love

There's nowhere unless you're there

All the time

All the way

Oh you can't tell me it's not worth tryin' for

I can't help it there's nothin' I want more

I would fight for you I'd die for you

Walk the wire for you

Yeah~ I'd die for you

You know it's true

Everything I do

Oh~ I do it for you

邱宸唱到最后部分时，眼泪已经出来了，可是他仍声嘶力竭地掩饰。他赤裸的双脚，扭动的身体，扭曲变形的脸型，笼罩在舞台的霓虹灯下。这是一个人内心最狂野的独白。这是唱给夏知瑾的。

他不知道夏知瑾此刻就坐在某个角落里。

夏知瑾从不知道邱宸令人沸腾的这一面。她坐在角落里，看着舞台上那块时而疯狂、时而深情的木头，她忍不住跟着他的节奏，一起疯起来。此刻，她心旌摇动，眼前这个让她迷离的男人，真的是那个让她觉得闷骚沉闷的木头兄么？

她所知道的木头兄，不是这样的。如果木头兄早一点，稍微早一点点，把他的疯狂展示给她，她会毫不犹豫地爱上她，跟着这个男人走。夏知瑾觉得愤懑，晚了，木头兄，为什么你什么都能憋得住，为什么不早让我知道你的疯狂？你这块死木头！

这块木头今晚的表现彻底点燃了夏知瑾，她稀罕的就是这样有爆发力的男人。

邱宸唱完这首歌，又唱了一首忧伤安静的《je m'appelle helene》（《我的名字叫伊莲》），同样能穿透人的魂魄，安静悠远，穿越时空。

夏知瑾最喜欢这首歌了。齐达内黯然退役的时候，CCTV做了一个纪录片，背景音乐就是这首法国歌曲。邱宸淡淡而忧伤地唱着，仿佛天籁。

方晓婉端了满满一杯红酒，邱宸赤着脚，站在台上，一口喝完。然后，说了一句"for love！"，便仰面跌倒，不省人事了。

今晚，邱宸的歌声和勇气，击穿了两个人。

秦小曼被自己心中的男人鼓舞，她铁了心要得到邱宸。

夏知瑾被邱宸的歌声震撼了，这块木头，这块疯狂的木头。他如同从另一个时空穿越而来，突兀得让夏知瑾难以跟那个闷骚无聊的木头联系在一起。她几乎忘了自己这段时间一直对邱宸和秦小曼的暧昧醋意大发。

刚才那个人说，这块木头一直在暗恋一个人，会是自己吗？她心里想把这块木头跟秦小曼的种种都归零，心里却仍有一丝芥蒂。

袁胖子在年中聚会时果断兑现了承诺，武圣、陈家洛和方晓婉每人按5%的股份，分得了1.5万元的分红。袁胖子说："山不在高，有仙则名；水不在深，有龙则灵；钱不在多，照规矩按时发就行。这些钱虽然不多，但每一分都是各位面朝黄土背朝天劳动赚来的，公司感谢佛祖眷顾，感谢邱宸慧眼识珠，招到了三位台柱子。你们的惊艳表现，超出我的预期，说句很不谦虚的话，谢谢你们！"

邱宸把公司成立以来的财务报表和明细账，通过电子邮件发送给每位同事。这半年多一点的时间，刨除房租、水电、人工等各项杂费，净利润309852.24元。这半年，他们除了拿下了Sam这个大客户，还陆续做了泡芙工坊、ONEX酒吧等十几个小单。

袁胖子说："下半年要想办法弄个稳定的大客户，旱涝保收，保证一大家子人吃饭。"

武圣心里在算计，公司每赚一块钱，就有五分钱是自己的呢，一想到这一点，他干活就特别来劲。他心想，等公司一年赚一百万的时候，他能分五万，够买个洗手间了。

还没等武圣算计完，袁胖子又说了："我们工作室养的几个大号，还不够有影响力，如果有一天工作室能出一个像互联网的那点事这样的一等一的大号，就牛逼了。"

武圣说："那当然了，互联网的那点事，这是长老级别的超级大号。这个号的影响力，任何人都不敢忽视，不敢轻视，不敢敌视。拥有一个这样的号，就好比手里握着狄仁杰的亢龙锏、包拯的虎头铡、孙悟空的金箍棒。"

邱宸从心底感激这三个人，春节放假回来后，看到他们三个齐刷刷地站在办公室，他就发誓一定不能亏待这几个年轻人。其实，他们之间的关系，与其说是上下级的关系，不如说是一起创业、生死与共的好兄弟。要是没有他们，邱宸想，他也无法取得现在这些成就的。

连续做了几个漂亮的策划后，@有门微博引起了不少同行的关注，甚至有上海以外的公司按图索骥。前几天，有门工作室刚刚给总部在杭州的杭州置高房地产做了一单微博策划推广。置高是杭州一家知名的地产运作公司，给不少的大盘做过策划。最近，他们接了杭州的一个大盘，这个盘的目标客户是毗邻的大上海。因此，置高专门找到有门，希望能在上海力推这个盘。邱宸当然乐观其成。

时至今日，@有门微博算是在业界站住了脚跟，有了自己的一席之地。可是，这还远远不够。

BEBE关注到@有门微博，是因为Sam这个创意推广。

BEBE的牛总，向来以眼光毒辣纵横于江湖。当初，跟郭向平联手，搞起名品官方店铺，就是他的主意，他是这个方案的主要策划人。事实证明，他再一次引领了电商潮流。他姓牛，也喜欢吹牛，当然这牛吹得，每次都靠谱，没吹错地方。

通过官方店铺，把几个主要对手拾掇得七荤八素之后，他觉得郭向平应该是时候尝尝他的牛家老刀了。他才不相信在中国可以一山容二虎呢。

但是，他手头现在缺一个人。

这个人对他来说，至关重要。郭向平是老江湖了，加上背后的美国商业集团，想要对付他，可不是那么容易的。他需要的这个人，必须能一击致命，将对手撂倒在地。

老牛同志还有一个习惯，喜欢看悬疑小说，喜欢揣摩人的心理，喜欢打探别人的隐私。尤其是他的对手，或者他看重的人，他非要把人家祖宗八辈都摸排清楚。

他觉得唯有如此，才叫真正的知己知彼。

曾有好几个做微博营销的工作室，试图拿下BEBE的微博推广业务，老牛都一一推掉了。不是这些公司没有实力，也不是BEBE不需要做微博营销，他觉得，他还缺一个人。

在他看来，微博营销必须做，而且要做得漂亮。他所谓的漂亮，一向是自己赚好、对手吃亏，这才叫漂亮。

2010年7月15日，牛总参加了在上海举办的一个网络营销高端论坛。

袁胖子通过主办方的一个朋友弄了一张贵宾票，堂而皇之地坐在了这个高端论坛上。来的人大多是业界的精英，人才济济，像电商专家@天下网商许维、二维码专家@张何、互联网专家@佳伦等。

午餐会上，他跟BEBE的牛总一桌。照商业惯例，一张桌就是一个圈，要互递名片的。袁成刚也装模作样地撒了一圈名片。

牛总对袁成刚好像情有独钟："Sam现在是你们的客户？"

"是的，我们负责Sam全部的微博推广。"袁成刚颇为自豪。这种场合必须要装，Sam给了他足够的装逼底气。

"那个创意是我近年看到的最好的创意。"牛总说这话可不是敷衍，他认真看过这个创意，以及后续的手机达人大赛。

"你们的创意总监是哪位？"牛总问。

"邱宸，邱总监。之前在热麦，负责热麦的官方微博。"袁胖子决心死装到底。

牛总点点头。

7月16日，工作室接到了来自BEBE董事长助理的电话。

这个电话是一个工作预约电话，说简单些，BEBE董事长想下午拜访有门工作室。此刻，BEBE的董事长和袁成刚就坐在会展中心的大厅，参加论坛。要不说大公司就是有章法，即便两家公司的老总都坐在一起，仍要通过官方渠道进行工作预约。

邱宸马上把这个事情跟袁成刚打电话讲了。袁成刚清了一下喉咙，很有风度地跟邱宸说："操，我刚刚就跟他们公司的牛总坐在一起吃饭，马上安排扫尘除灰，迎接财神爷。"

邱宸还不明就里。

袁胖子说："兄弟，我们要发达了。"

下午2点30分，袁成刚溜出了论坛会场，赶回办公室。3点，牛总准时进门。

"牛总！欢迎牛总！"袁成刚做了很官方的隆重接待。

"袁总客气，来得突然，没打扰吧？"牛总挺有意思的一个人。

双方落座，牛总环视了一周。袁成刚暗舒一口气，就在上周，有门工作室新招聘了三位同事，在华润换了一间60平方米的大办公室。有门工作室的员工达到了史无前例的八人。

"All in？"牛总的英语带着地道的伦敦郊区口音。

"不怕牛总笑话，您要是上周来，鄙公司还只有五名员工，一部车就可以装下所有人，是'移动公司'。现在全部员工八名。"袁成刚说。

"兵不在多。邱总监好像很沉默！"牛总呵呵笑道。

"像我这样长了一张大嘴的人，做不了创意总监。嘴上有，肚子里没货。"袁成刚替邱宸解释。

"邱总监对微博营销怎么看？"牛总转头，面对着邱宸。

"我称之为围观的力量。"邱宸简单的一句话回答完毕。既然袁胖子和牛总都认为沉默才有创意总监的范儿，那就惜字如金吧。

"如何？"

"嬉笑怒骂，煎炒烹炸，只为一件事——引起围观。围观就是力量，就是一切。只要引起围观，一切目的都可达到。"邱宸回答。

牛总临走的时候，拍了拍袁胖子的肩膀："你这区区八个人，可抵百万兵！"

这次拜访，牛总并未谈到实质问题。

但是，他的到来，给了所有人很充分的遐想空间。

更令工作室感到此事有戏的证据是，@BEBE官方微博发了一条微博。

@BEBE官方微博：BEBE董事长牛总参加了上海举行的网络营销高端论坛，下图为牛总和有门工作室袁总兴致勃勃地谈论微博营销的发展和合作前景。(附图片)

@有门微博当然不能错过这次宣传机会，马上转发了这条微博。

董事长助理把两份调查报告摆到了牛总的办公桌上。

一份是有门工作室的半年报告，五页，包含了创建背景、股东情况、员工情况、客户资料、赢利情况等，甚至员工福利、工资待遇、有否缴纳公积金，这些都罗列在报告里。

一份是邱宸的个人资料，五页。从家庭背景、教育情况、从业经历到个人性格、爱好、案例作品、个人感情、是否左撇子等，包罗万象。

牛总喜欢这样的报告。

董事长助理在一旁纳闷道："这是家刚成立的小公司。"

牛总说："小公司？刚成立？微博这玩意也才一年多的时间。去，叫信息部的过来。"

不大工夫，信息部经理一脸忐忑小心翼翼地进来了。

一个小时后，信息部经理走出了董事长办公室。

袁胖子本来对BEBE抱有极大的兴趣和预期，可是几天后的消息让他倍感失望。

BEBE宣布成立自己的微博团队，从信息部和业务部门调了八个人，组建了一个部门，直属于董事长领导。

邱宸和袁胖子分析，看这个行政级别，BEBE对微博足够重视。妈的，敢忽悠咱，白高兴了好几天，邱宸还特意让方晓婉准备了BEBE的一些资料供大家研究，为下一次真正的业务谈判作准备。

袁胖子恨得牙痒痒的："这个老狐狸，来看完咱们的货，回去自己研发去了！他这种行为，我看八成是跟他的买家学的。"

邱宸当然明白袁胖子的意思，他笑而不语。

武圣没听明白，请袁胖子明示。

袁胖子咽了口唾沫："废话，明摆着嘛，这事方晓婉一定经常干。先去商场逛一圈，看好了某个品牌的某件衣服，在商场左试右试，终于款式、颜色、大小都试好了，瞄一眼这款衣服的货号，飞奔回家，马上上网，从网店买一件一模一样的衣服，比商场便宜一半儿多。"

这回大家都明白了。

@BEBE官方微博发出牛总和袁成刚的照片后，夏知瑾也看到了@有门微博的转发。不单她看到了，郭向平也看到了。

郭向平往椅背上靠，搓着额头，问夏知瑾："老牛又想整什么幺蛾子？"

几天后，BEBE自己组建团队的消息传来，郭向平舒了一口气："看样子是谈崩了。老牛这人，心机太重，疑心太重，他怎么会放心把一些核心工作交给外人去做呢？他们谈崩了，对我们也是好事，毕竟邱宸在热麦工作过，太了解热麦内部的运作了。"

郭向平自己心里跟牛总有过比较，他觉得牛总够霸气，够实力，但是疑心太重，像曹操，而他自己像孙权。

夏知瑾心里很矛盾，她既不希望BEBE和有门达成合作，又希望邱宸能在电商这个老本行做一单漂亮的策划。她相信邱宸有这个水准打动老牛。

至于他们为什么谈崩了，夏知瑾现在还不清楚。

最近几天不知道怎么了，只要一闲下来，夏知瑾耳边就会响起邱宸的歌声。邱宸是那种特别能捂住事的人，他不喜欢把自己的东西统统拿出来给别人看。但是，往往在不经意间，你就能突然发现他的迷人之处。

夏知瑾喜欢这种偶然的巧遇和发现，这才叫惊喜。

大家都以为这件事告一段落的时候，一个名为@网购那些事儿的微博账号，引起了热麦和BEBE的注意。

@网购那些事儿：本人作为一名与电商企业打了若干年交道的老手，对网购这事不能说门清儿，也算略知一二。下面就扒一下电商那些事儿。欢迎人肉，欢迎对号入座，欢迎坐立不安。

网友最大的兴趣就是围观，就是窥私，就是看热闹不怕事儿大。

网友一：坐沙发，围观。

网友二：坐板凳，看直播。

网友三：坐地板，求真相。

……

这就是网友的乐趣，他们都喜欢看别人被扒光。

@网购那些事儿：某年某月某日，某电商企业老总，为解公司燃眉之急，擅自挪用买家支付宝中的巨额资金，借东墙援西墙。为此，延迟向卖家支付货款长达一个半月，直至外部资金到位，才作罢。

@网购那些事儿：某电商企业G姓老总，在公司内部会上曾公开叫嚣："买家都是傻逼，他们贪图的就是便宜，你管卖家卖的真货假货呢？"

@网购那些事儿：电商行业，买家是傻逼，卖家是苦逼，快递被绑架，唯有电商企业是抢劫犯。那家H开头的，尤其让人不齿。

@网购那些事儿：奉劝所有的各位，不要妄图跟无良黑心的电商企业合作，这是严重不对等的合作双方，跟他们合作，你只有给他们打工卖命的份儿。

……

@网购那些事儿这个账号密集发帖，直戳痛处。

BEBE牛总看着助理递上来的这些微博内容，摇了摇头："创业开店失败者！以后，这样的事情，只要不提及BEBE，就不要跟我讲。让信息部跟踪一下，有其他动静再说。"

夏知瑾把同样的内容递给了郭向平。

郭向平看后说："什么G姓，什么H开头的公司，有人想泼脏水呢。"

夏知瑾说："华购也是H开头，百买的高总，也是G姓。这人未必是针对热麦。"

郭向平说："没有无缘无故的爱，也没有无缘无故的恨。任何行为都是有目的的。你盯着这个微博，早晚有露出尾巴的那天。对了，查查这个账号，看看有没有线索。"

夏知瑾出了郭向平办公室，这个账号是刚刚注册的。她刚才特别注意了郭向平的眼神和表情，如果这一次又是他和BEBE的牛总精心策划的一起"危机"，那郭总的演技实在太好了。

怀疑归怀疑，夏知瑾仍然要当做任务去查这个账号。

可是，她忍不住在想，如果真是郭总的安排，这次他又想做什么呢。

@网购那些事儿好像没有要停的意思。

@网购那些事儿：每个行业都是一个王国，王国里的诸侯们总想独霸一方，占有并享用这里面的所有资源，包括……你懂的。

这条微博有些指桑骂槐的意思。

这个人的身份到底是什么，他的目的又是什么呢？

最可能的，几个怀疑身份：竞争对手、内部员工、店铺铺主。

如果是竞争对手，目的无非是通过微博，抹黑另一家对手；如果是内部员工，大概是在公司受到了委屈，通过微博发泄不满；如果是店铺铺主，大概就是因为各种原因，经营情况不理想，把愤恨撒在了电商身上。

从@网购那些事儿发微博的内容来看，大有揭黑的意思，打击面比较广，但是个别微博也似乎有针对性，很难判断这个人的身份。

但是，毫无疑问，看了微博后，有人会对号入座，联系到热麦和郭向平。

微博网友的评论和转发，让人遐想。

某网友：我懂的，就是潜规则女下属呗。

某网友：潜规则女员工太稀松平常了，哪个老总少了这样事儿，就是不称职的老总。

某网友：每个女员工，都跟自家菜园子的菜一样，看好了，随便剜。

……

有一天，郭向平把夏知瑾叫过去，问她怎么看这件事。

夏知瑾没头绪，摇摇头。

郭向平问她的时候，似笑非笑，眼神很暧昧。夏知瑾赶紧溜之大吉，跑回了自己的办公室。这事太恶心了，爆料的这个人，一定是熟知内幕的。而郭向平的态度更令她难堪。

@有门微博接到了一条私信，对方名字叫@淡定123456。

@淡定123456：聪明者，消弭障碍；冲动者，制造障碍；利人利己为上策，损人利己居中，损人不利己为下。与君共勉，下不为例。

工作室收到这条微博私信，未作回应。邱宸不明所以，但很明显这条私信是提醒工作室的。袁胖子说："去他的，故作高深，不用管他。"

几天后，工作室再次收到私信。

@淡定123456：贵工作室目前客户稳定，收益稳定，显然应该给小客户开具正规发票，纳税光荣，偷税可耻。你懂的！

这条微博就有些威胁举报的意思了。

前期的一些小客户，合同标的额两三万以下的，确实存在口头交易的情况，对方一般也不索取发票，业务做完后直接将推广费打到公司账户。这点，无法否认。

问题是这个家伙明显是来找事的，而且对工作室的业务和往来账目很了解。目前，工作室没有聘请专门的财务，而是委托一家记账公司代理做账。

"我们被人盯上了。"袁胖子说。

"兵来将挡，水来土掩，他在暗处，之所以发私信，就是想我们主动联系他，他好提条件。我们偏不，我看我们需要马上补缴前面的税款。"邱宸说。

袁胖子认为有道理，任你兴风作浪，爷就是不搭理你。

他安排记账公司，马上补缴对应税款。

事情办完后，静观其变。

这段时间，工作室再次接到泡芙工坊的订单，工坊推出了几款新品，想做一些推广。老客户，新业务，轻车熟路。

微博用@乐活在杭州发出去后，就有人爆料，说泡芙工坊制作的新款泡芙为了保持新鲜度，违规添加了保鲜剂。而新鲜、安全一向是泡芙工坊赖以宣传的利器。这条微博用的还是@淡定123456，还@了@乐活在杭州和@有门微博。

@淡定123456的背后，显然有一群网络水军在推波助澜，搞得有门工作室很被动。

袁胖子约见了泡芙工坊的老板，老板拍着胸脯保证工坊所有的产品都不添加保鲜剂，都是当天的。

袁胖子这次不得不坐下来，跟邱宸好好合计一下对方的来路了。

"这厮存心跟我们工作室过不去了，来吧，哥等着。"袁胖子说。

"我们连他的目的都不知道，怎么应付？跟这种人认真，自己沾一身屎。"邱宸说。

邱宸打算用工作室的一个不起眼的小号，试探对方。

他用@小丢丢和@小邋遢，给对方发了一条私信："朋友有事，何妨直说。"

对方很快回复了："关掉网购那些事儿，双方消停，否则你会明白，破产注销一家工作室比注册要麻烦得多。"

这就有线索了。

邱宸马上查看了@网购那些事儿的所有微博内容。

每一条都是针对电子商务公司的，每一条都针针见血，刺到痛处，而且似乎有意针对某一家电商，但是痕迹并不明显。这家电商，无疑就是热麦。

邱宸突然明白，@淡定123456是谁了。

但是，他无论如何也不愿意相信，这事是夏知瑾奉命办理的。他跟袁胖子通报了情况，袁胖子咬牙恨恨道："妈的老郭真有闲工夫，不用说这事爷爷我不屑去做，就算是我做的，又如何？"

邱宸明白，既然对方认定@网购那些事儿是他们工作室在搞鬼，如果去解释，反而有此地无银三百两的嫌疑。怎么办呢？

只能私下协调。

他想到了夏知瑾，于是给秦小曼打了个电话，约夏知瑾见面。这事还是讲清楚的好。

秦小曼给夏知瑾打电话，说邱宸想约她谈些事情。

夏知瑾的脾气上来了，哦，现在你们俩好了，他连给我打电话都通过你，我偏不。夏知瑾说："你让那块死木头自己给我打。"

秦小曼跟邱宸说了，邱宸没办法，只好硬着头皮给夏知瑾去了电话。夏知瑾酸酸地说："哟，现在都配上秘书了，邱总？"

邱宸在电话那边干咳了两声，无言以对。

夏知瑾自知这话太尖刻，就问："说吧，什么事？"

邱宸说："见面再说吧。"

夏知瑾说："行，见面可以，你自己来。"

夏知瑾和邱宸找了一家咖啡店。夏知瑾看了一眼邱宸，他此刻又是那块木头，而不是在ONEX的那个疯子了。

邱宸也看着夏知瑾，他的眼神有些复杂，不大自然。

邱宸自从在有门工作室主持工作以来，心境长进了不少。最终，还是他切入了话题。他假装淡然地喝了一口咖啡，问夏知瑾："夏董助最近在忙什么？"

"几天不见，邱总监越发生分了。"夏知瑾的嘴是从来不饶人。

"我听说，最近郭总念起了旧情，想找个事，跟辞了职的老员工聚聚。"

"木头，你什么意思？"

"最近郭总一定不是很痛快，因为微博上有只苍蝇，一直在嗡嗡地飞，扰得郭总不胜其烦，于是找了个苍蝇拍，对苍蝇说，再不消停，我拍死你。"

"邱总监信息很灵通!"

"你真是那只苍蝇拍? 我很失望。但是,请回去告诉郭总,有门工作室虽然规模小,业务不大,在郭总眼里充其量算是蝼蚁,但也绝不是那只苍蝇。"

夏知瑾什么脾气? 茅坑里的石头——又臭又硬。她向来吃软不吃硬,这点跟邱宸很像。邱宸阴阳怪气地一顿挖苦,她本能地跳将起来。

此刻,两个人心里各有心思。邱宸恼怒夏知瑾明知郭向平不怀好意,还每天鞍前马后地替郭向平做事;而夏知瑾气恼邱宸和秦小曼关系暧昧。两人的见面,从一开始就带着情绪,谁也不肯让步,以至于谈话越来越针锋相对。

"邱总监放心,我们郭总没空搭理那只苍蝇,还请你收了神通,找个茅坑好好享受去吧,以免我这苍蝇拍不留神误伤。"

邱宸闻听此言,真的就认定夏知瑾做了郭向平的苍蝇拍,还处处维护着郭向平那个老男人。他一时火起,闷骚犟脾气上来了,行,对着干不是? 那就来吧,光脚的还怕穿鞋的?

"好一只重情重义的苍蝇拍,邱宸得感谢你手下留情了! 不过,请夏董助放心,蝼蚁之躯,虽然不值一提,却也不是任人宰割的。这苍蝇拍挥舞起来,原来也可以虎虎生风呢。真长见识!"

邱宸和夏知瑾两个人都憋着气,不欢而散,却不知道彼此各自心里憋的是什么气。

她居然不念旧情,跟那个老男人沆瀣一气,认定这次事件是@有门微博搞的鬼! 夏知瑾,你太不了解我邱宸了,枉费我对你痴心一片。

好,既然你这么认定,有门工作室就也趟趟这趟浑水,扒一扒热麦的那些事儿。

一路上,邱宸愤愤不平。

夏知瑾在回家的路上,恨得直跺脚。她并不知道,一个叫@淡定

123456的微博曾三番五次地搅扰邱宸的工作室。她现在认定，邱宸的工作室眼看着热麦被指桑骂槐地揭底，邱宸却在那说风凉话。这事不论是不是邱宸干的，他今晚的态度都叫人厌烦。

第二天上班，夏知瑾就主动请缨，要求负责处理这次微博事件。

郭向平问她是不是掌握了什么线索，夏知瑾哼了一声："有人想看热麦的热闹，那可不成，不管这事是不是他做的。"

郭向平马上明白了夏知瑾说的他，就是指邱宸。

"这事恐怕没那么简单，不过既然你想负责这件事，那就交给你。不过，我要提醒你，这事十有八九是BEBE和有门联手策划的，目的就是要稳固BEBE的地位，打压热麦。"

夏知瑾听了郭向平的话，突然顿悟，自己怎么就没想到呢？ BEBE和有门，明里合作不成，却暗渡陈仓，联手搞热麦了。

她不禁对郭向平的判断力再次感到佩服。

"既然如此，我们就打掉老牛的排头兵，我已经安排信息部去调查有门工作室的老底。既然你愿意，那继续接手吧。之所以前期没告诉你，也是怕你为难。"郭向平说话温柔了很多。

后面这句话夏知瑾听了很贴心，郭总知道她和邱宸是好朋友。

原来郭总早就有安排了。

此刻，在夏知瑾眼里，邱宸已然站到了她和热麦的对立面。

Chapter 10

微博里的乱斗局

@为你而微:

我从来不看微博留言,这样就没人反驳我。我爱着一个人,但我渴望被她所爱。世界上有两种悲剧,一种是得不到,另一种是得到了。我现在的悲剧是,得不到她的爱,得到了大家的爱戴。因为我一旦得到她,你们会嫉妒死我的!

@网购那些事儿又发了一条微博。

@网购那些事儿：网传几家电商企业正考虑建立自己的配送网络，据说H公司已经在谈收购一家全国性的快递公司，降低配送成本。亲，你们说这是真的吗？ @神通 @顺水 @宅鸡送

这条微博的神奇就在于，它被SOGO地产老总潘石转发了。

@潘石：喜欢住宅地产，喜欢商业地产，也喜欢工业地产。我是潘石，我会建房子，也会建商场，更会建仓库。请牛总、郭总、高总等诸位老总，一起喝个茶，研究一下呗！

邱宸看到这条微博，心说，鬼才信郭向平会收购快递公司，他放出烟幕弹，不过是想压低配送公司的成本。

邱宸直接用@有门微博作了转发。

@有门微博：郭总不是慈善家，hot-b也不是奶牛，股东更不是信佛吃素的。收购快递公司，相当于把几千人的包袱背自己身上。相信他更愿意以此为筹码，压低快递公司的配送价格。此言论仅代表本工作室观点，欢迎在友好热烈的氛围下，绅士讨论。@热麦官方微博 @BEBE官方微博 @百卖官方微博

夏知瑾看了这条微博，心想，开始明火执仗地挑衅了。

@热麦官方微博：本月8日，热麦与快递合作商即将签署新一年度的合作协议，本协议除维持了上年度的配送费用标准外，另增加了一项风险保底条款，可以有效保证配送公司的基本收益。热麦一直注重培养与合作方的共赢体系，关注合作方的成长与利润空间。@顺水 @宅鸡送

@顺水：顺水对自己的定位一直很明确，我们不是搬运工，我们是所有商业链模式下的重要一环，我们关注与服务企业的共同赢利与成长。与你们合作很开心，谢谢！@热卖官方微博

邱宸看了心里笑道，@顺水这个水军当得，真是卖力呢。

热麦董事长办公室。

夏知瑾坐在一边，郭向平则站在落地窗一侧，俯瞰总部大厦下面的全貌。

"我们放出快递公司这个诱饵，值不值得？"

"以目前的形势看，热麦想要建立自己的配送网络，也不是一年半载就能实现的。我们跟顺水和宅鸡送续签一年的合同，完全是有必要的。对方消息很灵通，我看多半来自BEBE，以邱宸现在的能力，他还拿不到那么多信息。"

"郭总，我们不能让他们牵着鼻子走，这样会很被动。本来我们计划通过放出自建网络的消息，压快递三个百分点，结果被他们一搅和，快递费还是与去年持平。"夏知瑾觉得在这件事上，郭向平不够犀利。

"现在还不清楚BEBE的意图，先拿有门工作室试探试探。"

"郭总，我还是看不大明白。"夏知瑾说。

郭向平从窗边踱步到夏知瑾身边，看了她一眼，整理了一下思路，说："这件事我给你从头分析一下。自从去年，热麦和BEBE联手把其他对手甩在后面后，BEBE的老牛就一直想办法要挤掉热麦的竞争优势。但是，热麦目前势头正盛，他一时找不到合适的机会。袁成刚和邱宸成立了微博营销工作室，老牛在论坛上认识了袁成刚，并了解到

邱宸是从热麦出去的。老牛敏锐地看到了有门工作室身上的两个重要的点，一个是微博营销的威力和前景，另一个就是热麦前员工邱宸。于是，有门和BEBE达成了合作协议，一方面是替BEBE做微博营销，另一方面是抹黑热麦。这就是他们双方合作的基础。"

郭向平没有直接诟病邱宸，但是这很明显，邱宸曾经是热麦的员工，并曾主持过热麦官方微博的工作，他对热麦的很多情况非常了解，邱宸在这场热麦和BEBE的商战中无疑扮演了重要角色。

夏知瑾对郭向平的推理无可挑剔，她觉得这是极有可能的。

"那我们怎么办？"

"当务之急，仍旧是拿掉BEBE的排头兵——有门工作室，釜底抽薪。"

"怎么拿呢？"

"抓住要害，一击致命。商场如战场，你明白的。我需要你的帮助。"郭向平看着夏知瑾，给予了她极大的期望。

夏知瑾回到办公司，仔细分析了郭总的判断，各种事实证明了他的嗅觉。@网购那些事儿和@有门微博，现在确实已经联手造势了。既然邱宸可以这么做，那你就别怪我商战中不念旧情。

夏知瑾接手了@淡定123456的账号，选择猫起来，并停止了@淡定123456对有门工作室的进攻。

夏知瑾给微博营销部的八个人，每个人30个账号的任务，让他们慢慢养着。然后，她找到了秦小曼。

"姐，你帮个忙。"

"怎么了？"秦小曼以为是她和邱宸的事。

"你圈子广，帮我找一家靠谱的工作室，做微博营销的。"

"有门啊！"

"不行，我和那块木头这几天犯冲。对了，这件事千万别和他提起，省得又生出许多枝节，我可不想再和这块木头因为这件事闹不好。"

"你放心好了，我绝不提。呵，你什么时候也这么注意邱宸的感受了？你要什么样的工作室？"

"热麦想做一个大的微博推广计划，这间工作室一定要有实力，当然最重要的是，一定要可靠，不能影响热麦的公共形象，不能泄露热麦商业机密，我觉得最好是你身边的朋友。"

"行，我还真认识几个做微博推广的朋友，你尽可以放心。"

几天过去，邱宸觉得这事逐渐淡下来。

袁胖子的一颗心也放下来了："微博，挺有意思的，我感觉就像一个早泄的男人，来得快，去得也快。不论多大的事，都逃不过72小时宿命论。这是微博的生命周期。诸位大侠也都别闲着了，我们的年度目标可是100万。"

秦小曼答应夏知瑾的事情，很快就办妥了。她圈子里一个朋友，对名表尤其痴迷，此人在全国各地拥有超过十家广告公司。他意识到微博推广对传统广告行业的冲击后，迅速挖了高手，组建了一个专门的工作室，名字仍旧沿用原公司的，叫天方微博推广工作室。

天方，取天方夜谭的意思，他常说的一句话就是：天方，就是要把不可能的事做成功，就是要把天方夜谭变成现实。

秦小曼找到他后，他很爽快地答应了，这是双赢的好事。

秦小曼介绍他给夏知瑾认识，经过郭向平同意，热麦与天方的合作正式展开。

办完这件事，秦小曼心情不错，毕竟好朋友不是天天有事能用得上自己。她看微博上，邱宸也渐渐消停下来，就有意要创造机会，让邱宸出去放松一下。

她亲自登门，去了有门工作室。恰好，袁胖子也在。

袁胖子对秦小曼印象不错，她也给工作室帮过不少忙。见秦小曼进来，他热情地端茶倒水，殷勤着呢。

秦小曼还装作不经意地跟邱宸说："木头兄，别整天窝在一个地方不挪窝，我教你打高尔夫去。"

邱宸说："太高端了，玩不起。"

秦小曼说："要注意提升自己，喏，我这里有龙王溪乡村俱乐部的白金卡。我和他们老总很熟。"秦小曼甩了甩自己的手提包，"他说了，我去练球，他请客，还可以带朋友去。"

袁胖子听了，颇感兴趣："捎上我呗，反正你一只羊也是赶，一群羊也是放。我一直想练呢。"

秦小曼听了倒没话说了。

周末，秦小曼、邱宸、袁胖子三个人，驱车去了湖州。

约摸一个半小时的车程，三人还没在车上聊够，车就到了高尔夫球场。

这个球场位于湖州安吉，是著名的建筑设计师马克·霍格林设计的，该设计号称是其"在中国的最佳作品"。这话真假，外行人是看不出来的。不过眼前的迷人景色，天人合一的气质一下子吸引了邱宸。

"有钱人就是会享受啊，让我死在这，我都愿意。"袁成刚面对着诗画般的乡村俱乐部，陶醉了。

邱宸听了，心头默默地鄙视了他一句——你不就是个有钱人么？不过，这是他第一次实地进入这么高端的会所，看到那么漂亮的球场和酒店。他努力装出一副满不在乎的样子，尽量不让自己露怯。

秦小曼看着这两人的神态，一个是见识过却要装作没见识过，一个是没见识过却努力装出见过大世面，极其滑稽。她抿了抿嘴，尽量不在眼前这个男人面前显露自己的能耐："这高尔夫球场几乎没破坏周围的生态，完全和原地形地貌的山势、水流、坡度和植被情况吻合。这也是我最欣赏的一点。"

"和中国的竹文化结合得不错。"邱宸很敏锐。

"到底是设计师，一眼就看出来了！这是马克·霍格林最自豪的一点。"秦小曼很是欣赏邱宸的敏锐。这和他在工作中的敏锐是完全一致的。这也正是让秦小曼如痴如醉的一点。

聪明的男人，谁不喜欢呢？

当晚，他们三人就住在龙王溪酒店。

第二天，秦小曼带着他二人去往练习场的路上，巧遇了神牛乳业的董事长朱天生。朱总很热情地跟秦小曼打招呼。

到了练习场，袁胖子问秦小曼："你和朱总很熟吗？"

秦小曼眼里放光："知道吧，朱总的第一款百达翡丽就是从我这儿挑走的。自从那次之后，他只要买表，一定找我。"

袁胖子现在感觉到自己的圈子小了，他下决心要好好练球："打球和读MBA一样，不是为了学习，也不是为了锻炼，就是一个社交圈子。"

"那倒是，我的好多客户都是打球认识的。说不定，我们还会遇到更大的腕儿来这打球呢，候着吧。"

这句话被秦小曼说中了。

从练习场下来的时候，邱宸老远就看见了郭向平。郭向平正和几个人一起谈笑风生。邱宸赶紧装作没看见，溜回了酒店客房。

晚上，龙王溪酒店设宴招待周末光临的贵客，袁胖子趁机认识了神牛的朱总。朱总甚至还对袁胖子讲的微博营销产生了些兴趣。不巧的是，郭向平再次出现在邱宸视线范围内，不过这次郭向平也只是隔着几席望了一眼。

这里还真是名流云集，邱宸暗自赞叹。

回到上海后，袁胖子给朱总打了个电话，表示认识的荣幸。

朱总说："我对你说的微博推广有些兴趣。这样，我跟策划部打个招呼，你和他们接洽一下，看看有没有合作的可能。但是，有一点，我不会在微博上直接推销我的产品。"

袁胖子如获至宝。

人生就是由无数巧合拼凑而成的，我们认识的每一个人，其实都是通过巧遇完成的。只是，偶遇是个中性词，有的时候你想，有的时候你不想。

要说对这句话感悟特别深的人，无疑是夏知瑾。

前几天，秦小曼给自己介绍了天方策划，双方达成了合作协议。周四，天方的杜总盛情约郭向平去打高尔夫，郭总答应了，并让夏知瑾一起去，顺便谈一下双方合作的细节。夏知瑾没办法，只好跟着一行五人，去了湖州。

到了湖州后，夏知瑾就感觉身体不舒服，感冒发烧，只好一个人留在酒店房间。球场真是人间天堂，如果能在这里住一阵子，那就美死了。夏知瑾推开窗，心思散漫地看着外面的风景。

此时，郭向平一行人正往球场走去，迎面而来的是刚从练习场下来的邱宸、袁胖子和秦小曼。

夏知瑾看到这一幕，心里暗叫惊险。还好，自己没跟郭向平一起，要是被那块木头看见，又不知怎么以为呢。可是，转念一想：哼，小曼姐，来这里都不跟我说一声，重色轻友的家伙。还有邱宸，你这块死木头，我恨你！你为什么天天跟小曼姐在一起！

夏知瑾再也无心待在这里看风景了，她一个人拖着病躯，黯然神伤地离开了龙王溪。路上，她给郭向平发了条抱歉短信。

途中，夏知瑾无法抑制自己想起那块木头和秦小曼在一起有说有笑的样子，她甚至想象，那块木头和秦小曼订了一个房间，晚上他们在一起做爱、聊天、谈笑风生。她抱膝蜷缩在座位上，眼睛痴痴地盯着窗外。死木头，死木头，她一遍遍地念叨着。

从这刻起，她已经确认自己对那块木头动了情，甚至产生了肉体的幻想，虽然这种幻想来源于嫉妒和恼怒。

袁胖子跟神牛集团策划部的经理简单地介绍了有门工作室。第二天，他就订了机票，带着邱宸，直奔北京。下半年要是拿下神牛，全年完成100万的净利润，就问题不大了。

在飞机上，两人在集中精力想如何打动神牛。

产品不能推广，那推广什么呢？

邱宸想起了热麦在甘肃做的那个公益推广，他觉得这是个不错的题目。

袁胖子也完全赞成："对，就让神牛做公益，花同样的钱，社会效益可远比广告大得多。至于公益怎么做，再想。"

定了这事，心里大概有了谱。

到了北京，见到策划部张经理，张经理见面第一句话："朱总吩咐过，有合适的机会，一定合作。谈谈你们的策划吧。"

邱宸在飞机上想了一个创意，不过还不是很成熟，但是他想的一句口号，令张经理很感兴趣：一年一个县，一人一杯奶。

大致的创意是，神牛每年选定西部贫困山区一个县作为公益对象，向山区的小学生提供免费的午餐奶。

张经理听了，想了两分钟。他大概是在估算一个西部贫困县农村小学生的数量。然后，他说："这个创意不错，但是我需要更具体的策划方案，尤其是要有数据支持。"

这事靠谱。

回到上海后，袁胖子马上去落实这件事。他拿到了甘南、川北、西藏和青海几个省份地区，国家重点贫困县的小学生数据。

算下来，一个县，神牛大概一年要投几百万。

要知道，每年神牛的广告投入是几个亿。

张经理拿到数据后，毫不避讳地说："几百万不是问题，但是策划一定要达到预期的效果，形成神牛专注公益的轰动舆论。"

这个没问题，袁胖子胸有成竹。

微博上，搞公益最容易获得鲜花和掌声；秀裸体，最容易涨粉丝；爆猛料，最容易形成围观。

眼看着有门和神牛，好事渐近。

郭向平从龙王溪乡村俱乐部回到上海，就吩咐夏知瑾关注有门的动静，尤其是与神牛的接触。

　　郭向平的嗅觉是无与伦比的，他在湖州见到袁成刚和邱宸后，马上意识到，那天同坐一桌的神牛老总会与他们发生关系。

　　夏知瑾让天方工作室去跟踪这件事，汇报的结果印证了郭向平的判断：这段时间，有门和神牛确实在谈合作的事情。

　　夏知瑾问天方，如何应对。

　　天方答复，静观其变。其实，夏知瑾很想看看邱宸如何上演一出一口吃个大胖子的好戏，如何再次展现他的绝世策划。她的内心深处根本不想给邱宸和他的工作室制造障碍。她在跟邱宸赌气，也是在跟自己赌气。死木头，夏知瑾心里骂道，有本事再演一出好戏给我看看。

　　其实，郭向平得知有门在与神牛接洽后，马上约见了天方。他要求天方想办法阻止这个合作。郭向平绕过夏知瑾，单独安排了这件事。

　　天方拿到授意后，就着手准备运作这件事。很明显，这次与热麦的合作，不是推广热麦的正能量，而是要施展负能量，抹黑对手——有门。

　　天方很快得知，有门这次给神牛做的策划，主打公益牌。

　　这令天方十分为难。公益在中国网民眼里，是神圣的，是不容抹黑的。但是，能否靠住热麦这个大客户，又直接关系到他们的利益。

　　有门和神牛的合作到了实施阶段。

　　工作室上下都倍感振奋，立志要做一个轰动全国的大公益策划。这直接关系到有门能否一跃成为微博营销的领军和翘楚。这一个策划，对有门的每个人来说，都是千载难逢的机会。

　　从宣传短片的制作，到推广步骤，到跟踪实施情况，需要一个庞大的策划方案。

　　神牛必须全力配合，而神牛也是这么做的。这次公益，对神牛也是一次非常重要的策划。朱总专门给策划部开了会，要求一定要做好周密计划，做一次难以企及、无法超越的大活动。

　　朱总亲自赶赴第一个公益对象——青海达日县，与县领导谈合作，谈实施细节，谈所有内容。

有门工作室为了这个策划，动用了所有资源。长期潜伏的所有账号，随时待命。不但如此，袁胖子还找到了MBA的同学，让他们不遗余力地帮推。诚然，这是一个商业推广，但也扎扎实实地为西部贫困地区的小学生做了一件大好的公益，因此微博江湖的大佬们愿意出一把力，往前推一把。

经过与神牛的多次沟通，此次公益推广的内容比当初丰富了许多。尤其是朱总去西部几个省份的贫困地区考察过之后，他深感当地需要的不仅仅是一杯奶，更需要基础教学设施和师资力量。但是，神牛的产品推广，又不能不体现在这次公益活动中。

因此，工作室调整了策划方案，重点推出了三个公益版块。一是每年在一个贫困县建设十所神牛公益小学；二是每年招募50名志愿支教教师，与公益小学形成师资配套；三是向全县贫困地区的孩子每天中午提供一份午餐奶。

这个方案出来后，预算比之前翻了一番，预计每年至少需要1000万的投入。

神牛可谓眼皮都没眨，就通过了这个方案。

这个方案做完后，有门工作室将获得80万的策划费。这对工作室来讲，是一个大跨步。而邱宸看重的，不仅仅是丰厚的利润回报。他在憧憬，此役过后，@有门微博通过公益策划获得的正能量关注将是空前的。这才是有门和神牛最大的共赢。

神牛和选定的第一个县——达日县，联合召开了新闻发布会，公布了这一公益活动，掀开了神牛西部公益的第一个篇章。

与此同时，微博宣传同时展开。

@神牛官方微博：#神牛西部公益#一年一个县，一年十座小学，一年50名支教教师，全县贫困孩子从这一刻起，每天将收到来自神牛的一杯午餐奶，直到他们小学毕业。神牛在行动，你愿意与神牛一起关注西部贫困地区的孩子，给他们一个可以憧憬的未来吗？神牛全国招募志愿教师，不见不散！

@有门微博：#神牛西部公益#有门工作室全程力推，亲，如果@神牛官方微博 被爱心打爆，请转战本微博，在我们这里报名也是认可的哦，不信你试试！

邱宸调动了所有账号资源，配合@神牛官方微博，展开了第一轮推广。当天，转发量突破10000条，评论突破10000条。

这只是刚刚开始。

大号效应和网民情绪效应，还没开始发力呢。

第二天，微博公益活动发起者@薛子首先转发支持。

@薛子：十年树木，百年树人，支持西部教育，支持神牛行动。老夫会持续关注这一活动，尽自己一份力。

@李复：从投资角度讲，公益投资是最能达成多方共赢的方式，果断支持老朱把钱花在西部，花在孩子身上。我也会以我的方式，与老朱接力。

@潘石：SOGO愿意做神牛的免费乙方，不要客气哦。保证五十年不倒塌，保证抗五级以上地震。@朱天生

@手语姐姐：大爱！想请教一个问题，可否追加一项，每个县建设一所聋哑学校？谢谢！如果可以，我报名参加支教，五年。@神牛官方微博 @有门微博

邱宸看到@手语姐姐这条消息后，马上联系神牛张经理。

张经理很快回复："我们很乐意追加一所聋哑学校，这个建议非常好。我们已经第一时间答复了手语姐姐。"

大号力推的效应，使得二次传播迅速扩大。越来越多的网友加入到自发评论中。从评论内容看，几乎是一边倒的赞誉之词，神牛对此次活动非常满意。

微博名人、普通网友的热情也空前高涨。

@杨沐赏人心：神牛，比神马、神1234567，都牛！

@开眼视点：造吧，使劲造吧，支持神牛西部行动！这是企业在为后代积德！

@黑马良驹：这才是大爱！

@孙海涛：网络公益提醒了中国人的良心，这种道德效应比在学校上道德政治课管用多了。

@染香：终于有企业干了点正事，支持！

@凌晗：这条公益信息每整数万的转发者，请注意查收私信，我将奉上原声大碟一套。

@顾忠明的微博：支持努力做公益的企业。

……

西部行动揭开序幕后的一周，@有门微博收到了著名编剧周小六六的私信。

@周小六六：我想为此次西部公益活动，投拍一部微电影，为公益助推一把，请联系。

邱宸决定给陈家洛一个惊喜。

他马上联系了周小六六，表达了积极的合作愿望。

周小六六当天飞上海，约见了邱宸。席间，谈到有门的制作班底，邱宸推出了陈家洛，并给周小六六带了几部陈家洛导演的微博推广短片。

周小六六同意起用有门的制作班底，做一部公益微电影。神牛得知此事后，表示乐见其成。

邱宸回到工作室，跟陈家洛说："恭喜你，你要当导演了。"

陈家洛不解。

邱宸把周小六六的事情跟大家一说，陈家洛兴奋地挥了挥拳头："谢谢邱总监，谢谢邱总监。"

邱宸说："这是水到渠成的事，是对你们在工作室卓越表现的回报。"

与其说这是一部微电影，不如说是一部纪录片。样片出来后，陈家洛的视角、对西部山区的敏锐关注，都打动了周小六六。拥有百万粉丝

的@电影工厂，专门对这部微电影作了推介。

这部微电影的成功，促成了一件事。

周小六六主动提出来，要跟有门工作室合作成立一个专门的工作部门，制作微博视频、微电影。邱宸和袁胖子商量后，同意他的建议。微电影，绝对是一个不可估量的版块。这一点，从微博关注度的数据就可证实。一条微博发出来，纯文字、配图片、加载视频，三种形式的点击率和转发量，其差别是几何倍数的。

具体的合作细节，还有待与周小六六详谈。

周小六六也很看好微电影的前景，还为这个合作拉来了两个风险投资人——@赵清晖和@清琳子，使得有门的这次合作更有保障和底气了。

这个策划，夏知瑾从一开始就十分关注。她对任何微博公益向来充满激赏之情，邱宸策划的这个活动，是空前的，将来对有门和神牛的影响是任何广告推广都无法比拟的。她预感到这块死木头生根发芽的大时机到了。

夏知瑾几次都想正面告诉郭向平，不要在神牛西部公益这件事上，给有门和邱宸制造障碍，这不是明智之举。她很不希望看到热麦施展手段拽住神牛奔向西部的后腿。

她喜欢邱宸的这个策划。

可是，她无法干预郭向平按部就班地实施他的商业计划。这整件事中，她被隔离了。这也是后来她感到愤怒的地方。

有门的此次公益策划，获得了各方的关注，包括各种媒体。

时间过去两周，热度依然不减。

现在的有门，从袁胖子到邱宸，到下面每位员工，都踌躇满志。公众在盛赞神牛的同时，有门也获得了巨大的关注。很多人关注@有门微博，就是从这次的公益推广开始的。

有门获得巨大关注的同时，也必然要承担公众对有门的监督和褒贬不一的评论。这一点，跟娱乐圈有些相似。

按照推广计划，公益小学的选址、筹建，按部就班地进行。午餐奶计划则要早于这一项，先行开展。可以说，午餐奶是整个计划中，最先实施的一个部分。

2011年12月1日，神牛第一批午餐奶被送到了孩子手中。

一周后，一个名字叫@什么牛奶的微博账号，公布了一组图片。

@什么牛奶：神牛打着西部公益的幌子，处理即将过期的牛奶。有图为证。（附图片）

这一条微博一石激起千层浪，迅速在微博上传播开来。神牛和有门，根本没有反应时间。一个小时内，这条微博的转发和评论均超过了3000条，来势汹汹。

根据邱宸的判断，这个微博背后一定有强大的水军集团，才可以在短短一小时内，做到这么大的数据。

邱宸马上和神牛的张经理取得联系，他很肯定地告诉张经理，这是一起有预谋的微博事件。但是照片铁证如山，神牛确实将一批离保质期只剩一天的牛奶，送到了西部贫困山区孩子手中。

人们有理由质疑，那些还没来得及送达的，是不是已经过期。

无论如何，这都是神牛的工作失误。

朱天生得知此事后，大为光火，直接撤了当地经理的职务。此时的朱天生，绝不容许完美无暇的碧玉上落上一粒微不足道的苍蝇屎。他要把西部公益这件事，做成极品。

邱宸给神牛出了一个解决方案。

不捂不盖，不试图辩解，直接在官方微博郑重道歉。朱天生认可了这个补救办法。

这条微博发出去后，突然又杀出上百个账号，他们在神牛的官方微博与爆料的@什么牛奶展开了对骂，看感情归属是完全站在了神牛一方，并把质疑神牛的所有人骂了个狗血淋头。

@神牛挺住：神牛每年拿出上千万支持西部公益计划，你们怎么不质疑？不用说牛奶还没过期，即便过了期，谁工作没有失误的时候？抓住一点错误，无限放大，你们想干什么？你们给西部捐了几分钱？一帮脑残！

@支持西部公益：白痴们，知道白璧微瑕是什么意思不？上过学，念过书么？尼采说，太阳黑子遮不住太阳的光辉，脑残知道是什么意思么？揪住一点失误，就想把做了大好事的企业掀翻在地，踏上一只脚，你们是红卫兵？

这些过激的反击，引起了更大的争论。

@什么牛奶：单纯从神牛雇佣的这帮水军的水平来看，就是一帮脑残。神牛以为有钱就可以用水军淹没正面的质疑吗？请@神牛官方微博
@朱天生　出来解释！

@小蛋蛋：神牛应该正面出来回应事件的处理结果，而不是雇佣水军企图把质疑者骂走！这样恰恰适得其反，请神牛撤走你们的水军，收回你们的辱骂！

邱宸目睹了事件的突变，他已经意识到，这些看似站在神牛一边的微博账号，其实跟@什么牛奶是一个团队的。他遇到了前所未有的挑战，这挑战来自同行。微博时代，人们的思想和舆论都变得越来越简单，人们不愿意思考，愿意跟着意见领袖或者大部分人的思维而走。通过大量账号制造舆论方向，引导舆论，这是社交网络时代必要的营销方法，邱宸深谙此道。

如何应对？

还没等邱宸想出对策，对方又出招了。

这次，他们把目标直指@有门微博。

@什么牛奶：经查实，神牛背后的策划团队是有门微博。神牛遭到网友的正当质疑后，有门微博雇佣了大量水军，试图扭转舆论，淹没质疑的声音。这就是有门微博的水平和操行。神牛，你们真是瞎了眼，雇佣一只猪一样的微博策划团队。@有门微博

微博是恐怖的，民众的口水是致命的，这是邱宸的直接感触。

有门工作室甚至遭到了人身威胁和攻击，有人开始人肉邱宸和袁成刚。

工作室束手无策。

袁胖子一边抹着汗，一边劝大家镇定。其实，最不镇定的就是他了，大冬天的大汗淋漓。

邱宸强迫自己平静下来，想理出事情的头绪，可是毫无用处。

怎么办？

@神牛官方微博只有不停地道歉，来回应网友的质疑。

神牛张经理打电话问邱宸，那些起了反作用的水军，到底是不是他的人马，如果是，马上消失。邱宸坚决地否认了，并告诉张经理，他们正反双方其实是一个水军集团的，目的就是让神牛和有门更被动。

张经理慌不择言："妈的，既然是这样，你就以牙还牙，搞死他们！"

搞死他们，怎么搞？没法搞。

@@
@@ @@@ @@
@@@@@ @@@@@@@@@@@@@@@@@@@@@@@@@@@@ @@@@@@@@@@@@@@@@@@@@@@ @@
@@@@@ @@@@@@@@@@@@@@@@@@@@@@@@@@@@@@@@@@@@@不要过度怀念曾经的失败 @@ @@@@@@@@@
@@@@@ @@@@@@@@@@@@@@@@@@@@@@@ @@@@@@@@@@@@@@@@@@@@@@@@@
@@@@@@@@@@@@@@@@@@@@ @@ @@@@@@@@@@@@@@@@@@@@@@ @@ @@
@@@@@@@@@@@@@@@@@@ @@@@@@@@@@@@@@@@@@@@@@@@@@@@@ @@ @@
@@@@@ @@@@@@@@@@@@@@@@@@@@@@@@@@@ @@ @@@@@@@@@@@@@@@@@@@@@@@@@
@@@@@ @@@@@@@@@@@@@ @@@@@@@@@@@@@@@@@@@@@@@@@@@@@@@@@@@
@@ @@ @@@@@
@@@@@@@@@@@@@@@@@@@@@@@@ @@@@@@@@@@@@@@@@@@@@@@@@@@ @@
@@ @@
@@
@@ @@@
@@ @@@
@@
@@

Chapter 11
置之死地而后生

@为你而微：

当你迎来爱情的时候，请用心去感受它。不要
过度怀念曾经的失败，不要长期沉浸在前男
（女）友的噩梦之中，不要害怕曾经的过错和无
用功，更不要把你的生命献给无知、平庸和低
俗。活着，就是什么都别错过。

　　袁胖子此时想到了中国电信的@天翼哥哥，他打了求助电话。

　　就在此刻，微博大军中又出现了一股力量，参与到这场论战中。这股力量异常有组织性，看似劝架，实则在帮助神牛和有门，平息如潮的质疑。

　　他们冷静地分析了整个事件，并谨慎地表达了自己的观点：整个事件，神牛工作失误在先，被对方抓住机会，用正反两方面的水军彻底激起了民众的质疑和反感。虽然说神牛和有门有失误，但是这些挑拨事端的背后的水军集团更值得鄙视，而雇佣这些水军的背后操手更是卑鄙。

　　这个观点出来后，原本一边倒的民意出现了分化，有人开始冷静地分析事件。这对邱宸来讲，自身得以喘息，是个好的苗头。微博上出现了大量的文字图表，分析神牛事件的舆论是否被操控。对很多民众来说，重要的不是谁对谁错，重要的是真相到底在哪里。

　　而紧随这个观点的，是几十个微博大佬的立场。

　　极短的时间内，几十个大佬同时出现，且每个人的粉丝都在十万以上，有的甚至达上百万，他们都纷纷发表观点，试图解构事件的真相。可以说，正是这几十个大佬的立场，压住了整个局势，起到了关键的作用。这时候的网络热点已经不是神牛，而是网络舆论的操控问题。微博

的热点就是来得快，去得快，每天都有不同的热点出现。2011年铁路
"723"事件全网热炒的时候，突然出现了郭美美，一夜之间全国人民都
在讨论郭美美，再没有人谈铁路。

邱宸纳闷，是谁出手相助？难道是神牛另请了高手？如果是，那么
有门和神牛的合作估计到此为止了。

可是，神牛方面不但对此毫不知情，反而因为局势的扭转而对有门
表示了工作得力的赞赏。这令邱宸十分不解。到底是谁做好事不留名，
救了有门和神牛？

袁胖子从@天翼哥哥那里取回了真经。

他对邱宸说："前段时间，我们跟热麦起过纠葛，后来突然消停了，
我当时还说是微博的时效性作祟，现在看来不是。"

"你怀疑是热麦从中搞鬼？"

"只要查清楚这帮水军背后的策划团队，就可以搞清楚。"

"嗯。我们要做的还不止查清楚这件事。还有一件事，更值得我们
关注。"

"什么事？"

"刚才有团队出手相助，这个团队能量很大，动用了若干大号。他
们这样做好事不留名，更让人感到后怕。"

"靠！真他妈传奇！比金庸的武侠还错综复杂！本来我以为我们出场
就是蓝波万，结果杀出了什么牛奶；可是什么牛奶也不是蓝波万，他背
后的团队更厉害；而背后团队仍旧不是蓝波万，雇佣这个团队的热麦比
这个团队隐藏得更深；按说热麦是蓝波万了吧，可是出手救我们的那个
团队看似更高级。可是这个团队又是受雇于谁呢？"

"先别那么肯定什么牛奶就是热麦雇佣的团队水军。我们需要证
据。"

"行，你去查吧。做完这件事，我们就改行开侦探社。"

现在可以肯定的是，@什么牛奶是某个策划团队雇佣的水军。只要

查清他受雇于谁，就能得知这个团队。

邱宸决定启用姜太公的老办法，钓鱼。

他从武圣那里要了一个小号，给@什么牛奶发了一条私信。

@鸟核弹：我需要500水军，如有意，价格不是问题。

过了一天，@什么牛奶回了信息。

@什么牛奶：一点规矩都不懂。

水军还需要规矩？邱宸觉得自己赶不上潮流了。他仍旧请教了王冠雄。王冠雄告诉他，这些水军为了避免被钓鱼，通常有自己固定的合作伙伴，只有通过合作伙伴的介绍，他们才会接单。

这就麻烦了，如果@什么牛奶是那个策划团队独家养的号，不但得不到信息，反而会打草惊蛇。

邱宸决定放弃@什么牛奶，因为这个号，在微博上代表了看似正义的质疑方，团队不会使用一次就扔掉。也就是说，这个号在团队里面是正式工，有一定地位。

他从那些站在神牛一边，毫无章法对骂的水军中，挑了一个号。

这个号骂了一天后，就消失了，很可能是个一次性的账号。

王冠雄告诉邱宸，有的号平时乖得很，发的帖子也大都风花雪月，一点也没有进攻性。但是，当有需要时，这种小号会充当炮灰，使用一次后永不再用。团队一般会一次性地给予较高的补偿。

邱宸给这个叫@你知道我在等你吗的账号发了私信。

果然不出所料，这个小号马上回了：我个人养了20个小号，可随时启用。

@鸟核弹：20个小号，我全要了，多少钱？

@你知道我在等你吗：老规矩，一个号100元。

@鸟核弹：兄弟你开玩笑吧，现在什么行情？ 60元一个号。

@你知道我在等你吗：没诚意就算了，我不缺主顾。

@鸟核弹：当然有诚意，但是你也得给我一个市场参考价。

@你知道我在等你吗：前几天，天方买了我30个号，一个100元，不二价。

@鸟核弹：行，就100，给我20个。

邱宸花了2000元，买了20个号。同时，套出了天方这个团队。

天方，他当然知道，在业内也比较出名，很早就开始做微博营销，老板原来就做传统广告公司，因此他能敏锐地嗅到微博里面的商机。

那么，天方受雇于谁？

要查清天方的主顾，他不得不再次想到秦小曼。

他想让秦小曼假装要做手表的推广，去套出天方最近的雇主。

"我想让你帮个忙。"

"说吧，你没事是不会请我喝咖啡的。我就那么不招你亲近吗？"秦小曼虽然嘴上埋怨他，但心里还是很高兴，只要邱宸肯找她，她就高兴。

"最近有个同行，给工作室带了不少麻烦。我想确认一下，这个同行是不是受雇于我怀疑的那家公司。"

"哎，最近我看你们和神牛被搞得焦头烂额，是为了这事吧？"秦小曼关心地看着邱宸憔悴的脸色。

"是。"

"这个同行是哪家，我去给你套出来。"

"天方。"

"天方？……我知道了。"

"怎么了？"

"说出来，你都不信。前几天，夏知瑾让我给她介绍一家微博推广工作室，我就给她介绍了一个做微博推广的朋友，他的公司就叫天方。"

邱宸听后，当场就愣在那里。

虽然他查天方的目的就是想查清到底跟热麦有没有关联，而且他也预期关联度应该八九不离十。但是，天方居然是秦小曼介绍给夏知瑾的，他还是倍感吃惊。

可是，郭向平为了一己之私愤，雇佣天方，诋毁神牛和有门，是不是有大炮打蚊子的非必要性呢？何必呢？

这有些解释不通。

可是，事实就摆在那里。

而且，那个出手相助的团队背后的人，跟热麦有没有关系，是敌是友？看来，郭向平雇佣天方搞有门，并非完全为了前段时间的事情，恐怕有更大的背景在里面。必须有，否则无法解释这种不靠谱的举动。

查清楚了天方和热麦的关系，接下来就要看郭向平到底想搞什么鬼。那个莫名出手相助的团队又是受雇于谁，有什么目的？

邱宸和袁胖子都认为，这是场大局，有门这个小字辈能成为这个大场面的导火索，真是恰逢其时。但是，这导火索搞不好会把有门炸得片甲不留，灰飞烟灭。

袁胖子气沉丹田，然后从嘴里举重若轻地吐出一个字："操！"

不过是从头再来！

邱宸说："现在想退都退不了，既然无法后退，那就前进吧！"

袁胖子想了想，说："妈的，我们也不能白白当了人家的炮灰，那句话怎么说来着？"

邱宸说："人为刀俎，我为鱼肉。"

袁胖子说："我们要来一招鲤鱼摆尾，重归河海！"

邱宸点点头："那就赶紧弄清楚帮我们的那个活雷锋是谁。"

袁胖子想故技重施，邱宸制止了。这帮水军训练有素，一看就是专属于某个团队，不能用钓鱼这个法子。

邱宸说："等。"

"等？怎么等？等死？"袁胖子说。

"我们不会死，他们不但不会让我们死，还会力保我们没事。"邱宸分析。

"何出此言啊，大侠？"

"这个幕后团队之所以出手相救，一定有他们的目的。所以，如果我们按兵不动，他们会主动找我们的，一定会的。"邱宸很肯定地说。

"被动配合？我怎么感觉我们他妈的就是个小姐？人家想怎么玩就怎么玩我们？"

"那就去查清这个蒙面嫖客的身份！"邱宸说。

袁胖子觉得此话有理，拍拍屁股，想办法去了。邱宸也在考虑，这个蒙面侠客到底是何方神圣，他们想跟有门发生什么样的关系？

夏知瑾目睹了西部公益活动的风云突变，整个形势急转直下。她有些替邱宸着急，可是却一时理不清头绪。一个绝佳的公益活动，居然被微博水军搞成这样，谁是最终赢家？没有赢家，如果这么搞下去，谁都不是赢家。

她不希望公益活动被人搞成乌烟瘴气，更不希望看到邱宸的努力化作泡影。无论如何，拿公益做战场，是极不道德的。

这几天夏知瑾的脑子彻底混乱了，围绕着神牛西部公益，很明显有好几方的势力参与。她当然会糊涂，这一切有郭向平在后面操作，她怎么可能看清全貌呢？

郭向平这几天也在头疼，斜刺里杀出的那股势力，到底是谁？想干什么？他也在猜想是不是邱宸那小子请来的救兵，可是他不认为邱宸有那么大的能量，请了那么多大号。

郭向平安排天方，尽快查清楚这些账号的来源。

神牛过期牛奶事件，在神牛的积极态度和各方的斡旋下，渐渐平复。

这令郭向平大为光火，一盘很大的棋，刚开局不久，就被对手拆招成功，这是很挫士气的事情。

神牛终于能喘口气，喝口水，稍事调整。

但是，这次事件对有门的影响，确实足够大了。网友纷纷指责有门雇佣水军，对合理的质疑进行攻击谩骂，缺乏基本的竞争原则和职业操守。人，一旦坏了名声，就完蛋了。

影响一旦造成，解释是没用的。

除非你有足够的证据，证明是对手在抹黑。

神牛支付了80万策划费，提出提前解约。神牛张经理说得很直白，说跟有门合作得非常愉快，但是为了保全神牛的声誉，不得不舍车保帅，希望有门理解。

事已至此，还有什么理解不理解的呢？

吃一堑，长一智吧。算是在这个江湖里混生活交的学费。

年关将至，工作室无以为报，按照净利润，给武圣、陈家洛和方晓婉每人发了25000元分红，给其他员工发了10000元红包。邱宸觉得对不起他们，在这场对决中，有门一直没掌握主动权。

想起去年，春节放假前为了拿下Sam的忐忑和不安，今年，比去年更是心慌。年关，真是不好过啊。

每到年关，大家就都忙碌起来。

微博上，各色人等似乎也不甘寂寞。

一个陌生账号首先对@网购那些事儿发起了攻击，称有证据证明这个账号受雇于某家电商企业，发布不实信息，企图抹黑竞争对手。

这条信息，郭向平看后，跟夏知瑾说："贼喊捉贼，背后雇主分明就是BEBE。"

邱宸看后，觉得纳闷，这盘冷饭怎么又拿出来炒了呢？

只要有人炒，就有目的。@网购那些事儿这个账号前段时间不停地揭电商企业的内幕，现在终于有人开始行动了。热麦方面安静得很，不予理会，是什么意思？难道是热麦贼喊捉贼么？

陌生账号的爆料还未结束，俨然一副要掀起行业论战的架势。

这个陌生账号发表了一篇长微博《隔山打"牛"为哪般？》：

前段时间，神牛发起了#西部公益#活动，建学校，招募支教教师，送免费牛奶，这是企业回馈社会、体现社会责任的一次积极尝试。此项活动，得到了社会各界的褒奖和关注。

然而，神牛恐怕没想到，一次工作疏忽，几乎成为此次公益活动的滑铁卢，险些功亏一篑。事情的经过，大家都清楚，神牛工作人员将即将过期的牛奶送到了学生的餐桌上。

就是这次事件，被一家名为天方的微博营销公司抓住不放，穷追猛打。质疑，是必要的，也是必需的。但是，天方在此次事件中表现出的空前积极性令人大感诧异，尤其是天方雇佣了正反两支水军，在微博上肆意对骂、大玩阴阳手的行为，恐怕一句简单的"网友合理质疑"不能解释。

天方使出的这招阴阳手，令参与神牛#西部公益#活动的有门工作室蒙受了巨大的声誉毁损，而据我了解，有门是一家具备相当职业素养的工作室。天方此举，有悖基本的职业道德。

任何疯狂的举动，都有其必然的合理性和逻辑推导。天方此举，应该并非企业癫痫发作，而是一次有组织、有计划的行为。那么，天方意欲何为？

我们了解到，天方工作室近期刚刚受雇于著名电商——热麦电子商务有限公司，成为热麦的独家微博策划商。这不得不令人产生遐想，天方的举动，是否与热麦有关？

然而，热麦和神牛，业务风马牛不相及，他们是断无可能摩擦出激烈火花的。

神奇的网友们，请给我一个答案吧！因为我把@热麦官方微博@神牛官方微博@天方微博@有门微博四个微博放在一起，也实在找不到一个合理的逻辑关系！

长微博的最后，这个陌生账号故意把四者放在一起，显然是想给这四家企业看的。

夏知瑾看了微博，直接找到了郭向平。

如果整个事情果如微博所言，夏知瑾自始至终被蒙在鼓里，向天方下指令的只能是郭向平。

"郭总，我是董事长助理，我想知道这件事是不是真的。"

郭向平看着急匆匆的夏知瑾，慢慢放下水杯，说："等这件事处理完，我会给你把事情的经过解释清楚。"

"这么说，确实是天方雇了两队人马，在微博上玩阴阳手？"

"策略，只是策略。"

"我觉得这事……太……"夏知瑾本想说太下作了，想了想咽了回去，她还是要给郭向平面子的。

夏知瑾得知事情的部分内幕后，对热麦的所作所为感到不齿。太下作了，她骂道。每天，她出入热麦总部大楼，都感到有些羞愧。她从不认为上班只是赚钱的途径。她遥想着邱宸，此刻，他怎么样了？有门在此次事件中，受了内伤，一幅宏图还未完全打开就被暴风雨淋湿吹烂，这是多么令人愤懑。更重要的是，@有门微博的声誉受到了重创，而这是邱宸的全部心血。

工作上，郭向平对她无微不至，郭向平的深沉儒雅让她工作起来如沐春风。有时，她仍旧会陪同郭向平出席一些重要场合，郭向平在酒桌上时时处处维护她，不让她受到酒桌男人的任何骚扰。她有时想，如果那块死木头现在跟自己在一起，会是什么样呢。想起那块木头，夏知瑾心里就揪得难受。

郭向平也曾委婉地暗示过夏知瑾，他喜欢她。可是，现在，郭向平的行为令夏知瑾感到这个男人不再那么温文儒雅，甚至有些令她感到难堪，更准确地讲，是有些愤怒。

她到底想要个什么样的男人呢？此刻，答案似乎渐渐清晰，就是那块死木头。

这几天不知怎么了，自从确认了天方对有门发动攻击后，她的脑子里一直想着邱宸，很替他担心。这块木头知不知道自己是被热麦的雇佣军下的黑手？她一点也不喜欢这种纯粹商业目的的游戏。

这块木头会怎么应对呢？

他会不会像那晚在ONEX酒吧那样，爆发一次？夏知瑾内心是希望他能爆发，扳回一局的。她喜欢这种关键时刻具备舍我其谁的爆发力的男人，这才是男人和女人的根本区别。

有种，你再爆发一次。

如果邱宸敢爆发，她一定会追随他。

自从邱宸上次找了秦小曼，秦小曼就一直关注着天方的动静。她越想越觉得自己把天方介绍给夏知瑾是个错误。如果天方恶意构陷有门，是热麦的意图，那么夏知瑾知不知情呢？

她觉得她有必要跟夏知瑾谈谈。

她打电话约了夏知瑾，见了面就直白地问她："你跟我说实话，你们雇佣天方，是不是就是为了对付有门工作室？"

夏知瑾看着秦小曼气势汹汹的样子，心里很难受，她现在完全站在邱宸那一边了。夏知瑾说："是又怎样？"

秦小曼说："这么说来，微博上的传言都是坐实了的？你找天方，就是要对付邱宸？不是我没提醒你，邱宸到底怎么着你们老大郭向平了，他要下这么黑的手？这是把邱宸的工作室往绝路上逼。"

夏知瑾说："姐，你不懂。"

夏知瑾本想说，你不懂，我也被郭向平蒙在鼓里了。可是，秦小曼情绪激动，不容她辩驳。

秦小曼哼了一声："你倒说说我不懂什么？你了解邱宸么？你问过他，诋毁热麦的事确认是他和BEBE联手做的吗？"

秦小曼不容夏知瑾回答，冷冷一笑，继续说："邱宸不会那么做的，如果说诋毁，那也是BEBE的单独行动。这件事暂且不提。你注意到天方是怎么对付神牛和有门的了么？手段太卑劣了，完全没有一点商业道德。这件事你知道吗？"

夏知瑾当然知道，而且她也觉得天方的行为令人不齿。

秦小曼说："邱宸弄一家工作室，多不容易啊。你知道吗？你这是

要毁了他！好，这件事把工作室的声誉弄得一塌糊涂，我就纳闷了，热
麦得到了什么？邱宸到底怎么得罪郭向平了？"

夏知瑾无言以对。

秦小曼和夏知瑾吃完饭，秦小曼说："今晚我必须跟你好好谈谈。"
两人沿着外滩，一路走着。

秦小曼坐在江边，等夏知瑾也坐下来后，她看了一眼夏知瑾，凝视
着江面上往来的船只和斑驳陆离的光影。

"今天我想跟你谈一个人。"

"嗯。"夏知瑾知道这个人一定是邱宸，但是她不想积极应对。一个
女人的直觉告诉她，秦小曼要跟她摊牌了。

"你觉得邱宸怎么样？"

"有思想，没意思。"夏知瑾六个字概括了这块木头。

"说实话，有没有那么一瞬间，你喜欢过这块木头？"

夏知瑾当然喜欢这块木头，而且现在更加确认，可是她不愿意在秦
小曼面前承认。

"我记得前段时间，你对那个袁胖子很感兴趣，天天刷有门微博。
你觉得这个胖子幽默、睿智、好玩。怎么样了，有进展么？"

夏知瑾心里说，哦，原来是你以为我喜欢上了袁胖子，于是你就对
木头下手了。

"如果我告诉你，有门微博所有的更新内容，都是邱宸亲自捉刀完
成的，也就是说，你心中暗自喜欢的那个胖子，其实什么也没做，一切
都是邱宸这块木头做的，你信么？"

获知这一消息，夏知瑾大感意外，同时又偷偷地得意，自己看好的
男人果然是非凡的。

秦小曼继续说："而且，我还告诉你，有门工作室，所有的策划、
创意，全部是邱宸想出来的，你想象不到那块木头，居然可以弄出这么
多种风格来吧？"

夏知瑾终于忍不住了，问道："姐，你是不是喜欢他？"

"这个问题等会再谈。邱宸离开热麦，创办有门，多不容易啊？这个工作室就是他的全部。你知道的，去年这个时候他被热麦扫地出门，丢了工作，向你表白遭到拒绝，他把所有的心思都放在工作室上了。这个工作室，就是他的事业，是他的情人。"

夏知瑾沉默了。

"而且，我还告诉你，邱宸开网店，瞒着公司开创有门工作室，不是为了赚多少钱，是想向你证明，他很优秀。说到底，他是在通过这种方式，向你展示他对你的爱。这个男人，有思想，靠得住，而且混熟了后他其实很幽默。

"今年年中，他们工作室在ONEX聚会。我说了你都不会相信，邱宸光着脚，挽着裤腿儿，上台唱了两首歌，一首布莱恩·亚当斯的《Everything I Do,I Do It for You》，一首《je m'appelle helene》。如果你当时在现场，你一定知道，这两首歌，第一首是唱给你的，第二首是唱给他自己的。他那晚的表现是我这辈子见过的所有男人中，最棒的！如果他爱的是我，我一定会不顾一切冲上去，抱住他，不让他离开我半寸。"秦小曼回味着那晚的情形。

夏知瑾的思绪也回到了那晚，她被邱宸那晚的惊艳深深打动。

"我跟你说这些，不是让你感动于邱宸的痴情，而同情他，赐予他爱情。他不需要任何人赐予任何东西，他需要你用同样的激情，回报他。就这么简单！醒醒吧，你臆想中的袁胖子，其实就是邱宸！"

"姐，你是不是喜欢邱宸？"

"是，我喜欢他。从某一刻起，我就喜欢上他了。可是，我的表白始终对应着他的无动于衷。他的心，不在我这儿。有一件事，也是一个秘密，如果你和邱宸成了，我才会告诉你；如果不成，你将永远不会知道。"

"姐，你这算是主动退出成全我吗？"

"错了，我一直没放弃。但是，我知道，他的心思完全在你身上。无论他是爱你，恨你，心里全是你。我嫉妒得要死。哪天，他不爱你了，我就绑架他，用尽一切办法搞定他。"

"姐……"

"别说了，如果你不动筷子，我可就下手了。"

夏知瑾看着面前这个大女人，之前心里对她的嫉妒和恨意完全消融了。

夏知瑾心想，她真该找这块木头谈谈了。

第二天，夏知瑾给邱宸打电话。

"木头，我找你有事，今晚8点，外白渡。"

邱宸接完电话，愣愣地站在那里。这是怎么了，要决斗吗？

夏知瑾匆匆赶到了约定的地点，说："冻死了，找个地方吃点饭，暖和暖和吧。"

邱宸心里纳闷儿，看样子，这是要跟他和解啊。两人找了一家干净的小饭馆坐下，夏知瑾看着邱宸，仿佛今天才刚刚认识。

"最近工作室那边怎么样？"夏知瑾问。

"想弄点工作室惨败的素材，回去写年终报告啊？"夏知瑾不提工作室便罢，一提起来，邱宸就忍不住要挖苦两句。

"我不想跟你吵。你那边现在到底怎么样？"

"天方那招阴阳手，耍得极为漂亮，有门工作室看似无碍，实际上受了很深的内伤，这内伤名字叫声誉。拼道德底线，有门确实拼不过天方。你们赢了！"

"对不起，木头。我不想与你为敌。"

"如果不是天方的诋毁，有门工作室已经凭借神牛这个案例跻身微博推广公司前列了。我们工作室八个人，个个为之倾注了全部的心血，我心疼他们每个人的付出！"

"木头，我们不谈孰对孰错。我今天就是想知道这件事的前因后果。"

"很简单！我刚刚想通了全部的细节。"

"我问你答。网购那些事儿是谁的人？"

"BEBE的一枚小卒。但是，郭向平以为是BEBE找的有门微博的小号。郭向平以为BEBE和有门已经暗中合作，其实BEBE知道了我和热麦的恩怨后，是想通过这件事来加剧我和热麦的矛盾，并趁势把有门拉到BEBE阵营的。只可惜BEBE牛总线放得太长，他到现在还没来得及找我。"

"对，郭总就是这么认为的。他以为这个账号是有门的，专为BEBE服务。那么，郭总请了天方对付神牛，实际上是想对付有门，这圈子绕得挺大吧？值得么？"

"实际上，郭总的枪并没打偏，天方一直致力于令有门工作室声名扫地，而且他做到了。现在，有门的形象就是一群在微博上撒泼骂街的水军部队。"

"好，即便郭总打垮了有门，恐怕这并不是他的主要目的吧？"

"没错，郭总的最终目的是要搞BEBE。其实，热麦和BEBE早晚有一战，一山不容二虎。如果我没猜错，郭总下一步就是要把网购那些事儿的屎盆子扣到BEBE头上，但是BEBE先他一步，牺牲了网购那些事儿。"

"第三个问题，出手平息神牛过期奶事件的，到底是谁？"

"这个问题问得好。正当神牛和有门异常被动的时候，突然杀出一支水军，训练有素，张弛有度，我认为这支水军是BEBE派遣的。接着，后来出现的那些大佬，凭BEBE的能量似乎请不动，这些大佬是谁请来的，已经与BEBE和热麦的恩怨无关了，我们不敢作深入推测，也不去做。"

"我问完了。"

"嗯。"

"你怨恨我么？"

"怨，不恨。"

"你怨我为虎作伥，怨我不分青红皂白。"

"不。我怨你明知道郭向平有家室，还跟他走那么近。我心中的夏知瑾，无比的高傲，无比的干净利索，无比的聪明，她不会喜欢一个有家室的老男人的。"

"好。我该问的问题都问完了。走吧！"

邱宸和夏知瑾分手后，他感到百爪挠心，尤其是最后一个问题，让他无法释怀。夏知瑾跟郭向平到底是不是像他想象的那样？

猜，他只能猜。猜疑会毁掉一切。

第二天，夏知瑾向郭向平递交了辞呈。

郭向平不同意签字，夏知瑾说："那我请长假。"郭向平无奈地看着夏知瑾，说："你坐下，我们聊聊。"

夏知瑾坐下了。

郭向平问她："你辞职是因为有门和邱宸？"

夏知瑾说："不完全是，我想换一个简单的工作环境。"

郭向平说："有人心的地方，就没有简单的环境。商场上的谋略和战争一样，如果有一天你坐到我的位置上，你也会对这种谋略感兴趣，甚至痴迷于跟对手玩谋略。这种实战游戏，不能简单用道德评判，这是生与死的游戏，是能带给你快感的游戏。成功，固然令人欣喜，失败也会激发你更大的兴趣去重新来过。如果邱宸仍然把开公司看做赚钱的途径，他永远体会不到这种乐趣。"

夏知瑾还体会不到这种人生境界。

郭向平继续说："你知道，我是很喜欢你的，但是我不会勉强你。如果你是因为这个原因，想离开公司，那我保证以后不会主动接近你。你不要离开热麦，热麦适合你，你也适合热麦。"

夏知瑾说："谢谢郭总错爱，我想，我更适合一个简单的环境，过一种简单的生活。"

郭向平叹了口气："年轻时不知道自己真正想要什么，总想把全世界都揽入怀中。你还年轻，我拦不住你，当你真正明白自己需要什么时，却不再年轻。这就是人为什么总是后悔，后悔当初没如何如何。"

郭向平默默地在辞呈上签了字："你走吧，热麦随时欢迎你回来。"

夏知瑾临走时，跟郭向平说："郭总，我还想恳求你一件事，邱宸的工作室创建很不容易，希望您不要再难为他，他无意跟您作对的。"

郭向平一笑，未置可否。

我在原地等你

Chapter 12
爱在微博蔓延时

@为你而微:

这些年,我只做了一件事——站在原地等你!

秦小曼给夏知瑾打电话。

"我想跟你说一件事。"

"我也想跟你说一件事。"

"我要去趟美国。"

"我要去甘肃。"

两人在秦小曼家见了面。

"你为什么去美国？"

"美国有一个风险投资项目，我要去几个月。顺便给自己一个思考的空间，很快就会回来。"

"我这一年过得有些二，我想去甘肃看看那些孩子们。姐，你不等着吃我的剩饭了？"

"你这不还没剩下么！临走之前，送你两样东西。还有一封信，如果你能见到邱宸的话，帮我转交给他。"

秦小曼去书房撕了一张便签纸，在纸上写了一个微博账号，其中一个是@为你而微；另一个是@剪刀木头布，附带密码。

秦小曼特意嘱咐："等你到了甘肃，有时间再慢慢看吧。"

夏知瑾坐在去往西北的列车上，一个人无聊，打开iPad，从第一条开始浏览@有门微博的所有内容。

每条微博都让夏知瑾看得津津有味，那些抓拍的图片，那些有内涵的视频，完全出自一个人之手。直到她看到那条"火车站现场直播抓小偷"的视频，她突然想起来，这则视频正是去年自己、邱宸和郭总去甘肃时，邱宸在途经的那个火车站抓拍的。

过了两小时，火车再次经停那个车站。夏知瑾想象着邱宸是如何在所有人都昏昏欲睡时，发现了这则视频。天地有大美而不言，就是等待懂它的人去发现。一双善于发现的眼睛，可以为心灵打开丰富多彩的窗户。

夏知瑾一路上就看着@有门微博的内容，或开怀，或感慨，或揪心，或流泪，或愤怒。邱宸亲自打理的这个微博，给了她一路的人生百味。她想起了邱宸在ONEX酒吧完全爆发的表现。

到了甘肃陇南，她一个人在一个小镇上住下来。这个镇上有一所新建成的小学，全镇所有的孩子每天都从周围的村庄赶来，坐在宽敞的教室里，朗朗地读书。

夏知瑾每天在鸡鸣鸟叫中醒来，外面冰雪封山。

她每天起床第一件事，就是去小学门口，看着孩子被冻得红彤彤的脸蛋儿上泛着烂漫纯真的笑意，她自己也就笑了。她会抓拍几张，发到微博上。

这里的人们，日出而作，日落而息，过着节奏缓慢的日子，仿佛一百年也不会变。这里的时间仿佛放慢了速度，夏知瑾想，我在这里一个月，上海也就过了一天吧。

反过来想，在上海匆匆忙忙地过了一天，相当于是在别的地方过了一个月，如果这一天不开心，没有做自己喜欢做的事，相当于浪费了一个月的时光。想想这个，夏知瑾觉得自己浪费了太多生命。

春节过后，元宵将至。

夏知瑾到陇南后，并没有打开秦小曼给她的那两件礼物。所谓礼物，是馈赠，是给予。她能隐约猜想到这两件礼物是关于谁的，所以她不想接受。世上任何馈赠都可以接受，唯独一件不可以，那就是爱情，爱一个人就是给他自由。

这十几天的时间，她早起早睡，感受着西北的刺骨严寒，清醒着自己已被世俗搅扰的思绪。她越是清醒，就越是想起了一个人，这个人好像可有可无，却一直在她身边。她称呼他木头，这木头却在泥土里生了根，发了芽。

他从不会纵横捭阖，高谈阔论，也没有香车宝马，呼啸过市。他是那么不起眼，以至于所有人都可以忽略他。他在自己的小世界里，绽放着，直到有一天看到他竟然枝繁叶茂。

她也曾无数次把袁胖子、郭向平，甚至跟别人订婚的前男友，跟这块木头相比较。为什么要拿所有人跟这块木头比呢？这样一来，她想起这块木头的次数，就比其他任何人都多。这是怎么回事呢？

从她进入热麦的那天起，这块木头就跟她在一起了。他指摘她种树是为了作秀，他支持她去陇南建公益小学，他陪她一起大闹前男友的订婚礼，他跟她在一个部门待了那么久，他向她表白，他与她成为工作上的对手……

他离开热麦后，她怅然若失；他在ONEX酒吧令她刹那间心动；当得知微博大战的真相后，她感觉到了他的担当……

这十几天，她每天都在想他。跟他在一起的日子，不拉风，却有发自肺腑的踏实和欣喜。他总能在平凡中不可阻挡地洋溢出一些灵感，让人觉得生活中充满了小惊喜。她有些喜欢这个木头兄。

人，分为两种。秦小曼的理论。

一种人，是冰淇淋。刚到手的时候，奶油的鲜香，水果味的爽口，造型的诱人，令人忍不住就想靠近，舔两下，吮吸几口。这支冰淇淋日渐消瘦，最终剩下的只是一根木棍儿。

一种人，是木头。干瘪崎岖的手感和造型，光秃秃的，不能给你任何想要的东西。可是，当你随手把他丢到地上，只要有一丁点的泥土、水分，它就会扎下根来。如果再给它一点阳光，它就能灿烂起来。在你根本无暇留意它、忽视它的存在的时候，它已经生根发芽，枝繁叶茂。或许用不了多久，你会惊喜地发现，它可以给你满树的桃子、杏子或者其他浓郁芬芳的时令水果。而且，它还可以为你避风遮雨，躲避炎炎的烈日。它每年都会发芽吐绿，开花结果，直至生命的终老。

夏知瑾把这些文字发到自己的微博上，@盛夏之瑾。

她很想知道，此时邱宸是不是也在关注她的微博。她很想木头兄看到她的召唤，朝她飞奔而来。可是，@邱比特宸这个账号已经很久没更新了。

她隐约有些失望。

她再次登录自己的微博，搜索了@为你而微。

夏知瑾打开@为你而微的微博，这个前年注册的微博，居然洋洋洒洒地写了3000多篇，粉丝30多万。@为你而微的最后一篇微博，是元宵节前的一天更新的。这个微博账号几乎每天都在写，有开心，有不开心，心情起起落落，字里行间无不流露着作者细腻丰富的情感以及挥之不尽的才华。

看一个好的微博，可以看见微博后面的这个人。是男是女，是哭是笑，微博就是一个人。一个微博，就是一个故事，有开头有起伏，有的还有结局，有的永远都没了结局。夏知瑾关注过那个得了癌症却依旧微笑的@鲁若晴，关注过那个自杀了的@走饭，也关注过那个伪装的@若小安。微博是什么？微博是一张张写满了喜怒哀乐的脸。

写微博和写小说一样，写的是一种人生感觉，随时随地记录开心、思念、痛苦，连贯起来就是一部长篇小说。看一个人是什么样的人，就看他三个月以上的微博。他关注什么样的人，就是希望成为什么样的人，他转发什么样的微博，就代表了他现在的想法，他收藏什么内容，那就是他内心珍藏的东西。

@为你而微：去年元夜时，花市灯如昼；月上柳梢头，人约黄昏后。今年元夜时，月与灯依旧；不见去年人，泪湿春衫袖。

网友的评论很多，可是却都透露着一直关注、最终失望的情绪。

某网友：在一起。

某网友：旷日持久地单恋一枝花，最终却让人满心的感伤。

某网友：天涯何处无芳草，何必独恋一穷枝？

⋯⋯

夏知瑾自己泡了一杯咖啡，坐在网吧的角落里，轻轻点开了@为你而微的所有微博。

@为你而微：使君出祁山，辗转许多川。倚门望西北，可怜无数山。

夏知瑾看了看更新日期，她惊住了。那天正是她第一次出差来陇南。

夏知瑾的心里有些悸动，她慢慢地从第一条开始，一条一条地读着，时间和心情仿佛过电影一般，这一年多的思绪和经历，与这个微博的倾诉竟如此吻合。仿佛两个远在天涯的人，虽然未曾谋面，却一唱一和，如倾如诉。远在天涯，却近在咫尺。

@为你而微：今天，我很欣喜，她向公司推荐我，调入了她所在的部门。这样我就可以天天偷偷地多看她几眼了。她喜欢叫我木头兄，好吧，我就是一块木头儿，也要在她心里生根发芽。

这是这块木头被调入公关部的第一天，发的微博。

@为你而微：今天我注册了一个新的账号，这是我和胖子的另外一个开始。微博，真是一片尚待开发的处女地，它腹地广阔，矿藏丰富，躺在那里，静静地等待慧眼识珠的人去认识它，开发它。而我，希望这个账号开始把我的一些想法变成现实，让她知道，闷骚之极的人其实早就落地开花了。

哼，早就知道你内心不肯安分，不用找这么多借口，想用微博赚钱直说就行了。夏知瑾有些娇嗔地在心里骂道。

@为你而微：如果有一天，她能看到我的微博，她该知道我的每一面。其实，我不止闷骚，我还是幻想狂，是思想的独行者，是灵魂的激发者，是创意的拥趸，是爱情的圣徒，有时候我还很幽默。嘿嘿，有些王婆卖瓜，可是我真觉得我很优秀。

呵呵，见过不要脸的，没见过这么不要脸的。

@为你而微：最近公司遭遇了危机，她很着急，我比她还着急。我抓耳挠腮地试图理清事情的缘由，想出一个绝妙的思路，帮她解困。还好，我想到了，赞一个吧。我很巧妙地用一种渠道告诉了她，希望管用。

哼，确实很巧妙，就因为你这次自以为巧妙的行为，让郭向平大为恼火，你打乱了他和BEBE老牛精心策划的一场大戏，还为此丢了工作。聪明反被聪明误，木头兄，你至今还不知道怎么栽的跟头呢。

@为你而微：完了，我居然成了公司调查的内鬼！我发誓，我给她想的主意，全部出自本脑袋，版权所有。她很有做侦探的潜质，居然根据蛛丝马迹，查到了我所有的秘密。可是，她唯独没想到，我所做的所有，都是为了她。今天，我，失业了！

对不起，木头，我不是故意要陷害你的，对不起。

@为你而微：今天，我招到了三个人，他们各有千秋，又截然不同。我很喜欢他们。我的任务就是带领他们，做出世界上最具创意的策划。到那一天，你会看到我更为丰满迷人的一面，等着吧。我绝对值得你期待！

呵呵，木头兄骨子里也是狂人一个，就像你在ONEX酒吧一样。

@为你而微：看着外面烟花绽放，渲染了夜空，不知为谁绽放，我的心却冰冷到了极点。这个春节，注定万箭穿心的心痛。听说她荣升董助，听说她春风得意，听说她很忙。我想打电话问候一下她，告诉她，我很想她。可是，所有的思念化为一条不疼不痒的节日短信。我想你，你知道吗？

笨木头，你知道那天，我也很想你么？我去了你家楼下，却发现你和小曼姐一起开车离去，处处都在放烟花，很热闹，我的心却想哭。你知道我当时心里多难受吗？虽然我现在知道，小曼姐和你并没有什么，可是我还是很气恼你。

@为你而微：每个男人总有一个女人一直在背后关注他，支持他，能看懂他写的东西，听懂他说的话……我今天和她喝酒了，一起去了酒店……无论如何，寂寞伤心总要有人倾述。

哇，你和小曼姐居然开房了！我要爆炸了！哼，小曼姐还说跟他没有什么事。算了，我原谅你们了，我相信我的木头。

@为你而微：我们为一家世界前三的电子公司，做了一个牛逼的创意，一举拿下了这个客户，吼吼，我们有肉吃了。前几天，给一个腕表品牌做的创意，也相当拉风哦。春风得意马蹄疾，一日观尽长安花。

你就得意吧，得意必忘形，要是当时我在，我一定好好敲打敲打你。

@为你而微：今天疯狂了！疯狂就疯狂吧，我狂故我在。今天工作室所有顶梁柱都在酒吧，庆祝我们半年的收获。死胖子真是弱爆了，吼了几首歌就下台了。我卷起裤管，光着脚丫子就上台了，我唱了两首歌，一首是《Everything I Do, I Do It for You》，我唱得泪流满面，你们都没看到。我想你，你知道吗？

我知道，我知道了，木头兄，那天我也在，你知道吗？木头兄，别哭了，我现在都想哭。

夏知瑾看着这条微博，她哭了。这块死木头，把自己弄哭了。

夏知瑾看到这里，起身离开网吧。

陇南的正月，冰冷清矍，只有湛蓝的夜空和满天的繁星。

夏知瑾很少哭，可是今晚，她蜷缩在镇上的小旅馆里，却时时地忍不住要哭。她喜欢这块木头，发自心底的喜欢。她对自己说，你该庆幸，这块木头愣是傻傻地等了你一年多，他就站在原地。

谢谢你，木头兄，谢谢你一直站在原地，让我回来的时候，老远就能看见你，找到你！

夏知瑾用秦小曼给她的那个账号@剪刀木头布关注@为你而微。

夏知瑾没让秦小曼告诉邱宸自己从热麦离职的消息。

自从上次，夏知瑾找邱宸谈完话后，邱宸再也没有她的消息。他给秦小曼打电话，手机已经关机。

这两个人突然从他的生活里消失得无影无踪了。

邱宸拿起手机，打开@为你而微，发了一条微博。

@为你而微：

窗外还下着雨

滴落着对你的思绪

怕喝醉

眼前一片漆黑

怕失去

知己再也难追

世间痴情的戏

等待有心人去看清

为何相爱相知相信相聚还不够

见你深夜徘徊冷漠的脸好难过

就算爱情到了尽头

不再有结果

我们还可以是朋友

你说朝夕相处平平淡淡太寂寞

难道深情褪色对你的好也是错

就算缘份到了尽头

无力再挽留

我们还可以是朋友

张雨生的《还是朋友》，没有空格，刚好140字。

不知怎么了，邱宸写完歌词，心里难受得不行。他不想后退，可是前路暗淡，只好退而求其次，做朋友好吗？只要你不从我的世界里消失。

微博发出来后，@剪刀木头布给他回了评论。

@剪刀木头布：一个劫匪劫持了一对年轻情侣，让他们玩剪刀石头布，谁赢了就可以保住一条命。情侣商量好了他们一起出石头。结果，男孩出了剪刀，女孩出了布。

邱宸看了，觉得大有深意。

@为你而微：人们一定都觉得女孩贪生。其实不然，也可能是她猜到男孩为了救她，会出剪刀，所以她为了救男孩，才出了布。

这个微博名字似曾相识，却一时想不起在哪看过。

@剪刀木头布：相处平平淡淡太寂寞，要么疯狂地燃烧，要么黯然地离场。我们还太年轻，体会不到相濡以沫的爱情，所以年轻时只能癫狂。年轻时不癫狂，携手为伴时也不会淡然。

这段评论让邱宸想起了自己和夏知瑾，同时想起了一个关于熊的故事。

@为你而微：加拿大北部的雪原有一种棕熊，冬眠时间很长。每当春天姗姗来迟，棕熊才从铺满树叶的树洞里、松软的泥土下醒来，它巡视着自己的领地，站在高处嗷嗷地吼叫，宣告这片属地王者的归来，同时向百里之外的母熊发出求偶的讯号。

夏知瑾看了邱宸的评论，咯咯一笑，你哪是棕熊，你是块木头。

@剪刀木头布：这头笨熊沉睡的时间太久了，偶尔疯狂一次，不足以召唤母熊。

邱宸觉得此人的爱情观跟夏知瑾的特别像。

@为你而微：你的想法和我单恋的那个女孩特别像，遗憾的是，我们阴差阳错，她一直听不到我为她而疯狂地吼叫。

夏知瑾看了心里美滋滋的，她想起了@高晓松的一段话，于是给邱宸@了过去。

@剪刀木头布：高晓松的一篇微博特别打动我，转给你看看。//@高晓松：伊问我当年那些抱着大捧玫瑰笑得像花一样的姑娘们都好吗？

我说挺好的，早已纷纷给人当了亲娘或者后妈，偶尔遇见还能兴高采烈话当年。她们说，年轻时真心鬼混过，到老了真心能忍住寂寞。

年轻时真心鬼混过，到老了真心能忍住寂寞。

这句话对邱宸而言，醍醐灌顶。

@为你而微：我还没有鬼混过，想找一个鬼混目标，可是她跟我玩失踪。

@剪刀木头布：这我帮不了你，兄台。

夏知瑾坐在山梁上，看着皑皑的雾凇和白雪，咯咯地笑了。

她弯腰团起几块雪团，伸脚踢出去，四散的雪映射在阳光里，马上反射出五彩的眩光。

她对着对面的山梁大喊："木头兄！我想和你鬼混！"

听着从山梁传过来的回音，夏知瑾脚步轻松地下了山。

这段时间，夏知瑾并没有闲下来，她要送给邱宸一个礼物。这个礼物，也算是她给有门工作室的见面礼。

整个神牛西部公益事件风波，现在唯一还存在悬疑的，就是那个默默出手相助的活雷锋。这个活雷锋如果不是神牛雇佣的，那会是谁呢？还有，那几十个大V又是谁请来的天兵天将呢？

只有搞清楚了活雷锋和请大V的人，这件事才算水落石出。

在夏知瑾看来，这些大V们肯集体出手，多半不是因为商业利益。如果算出场费，几十个大V，没有上千万的预算是拿不下来的。因此，大V们这次更像是一次公益演出，是不得不执行的任务。

谁有势力组织一次规模庞大的微博集体演出呢？一定不是某一家企业，至于是谁，夏知瑾觉得没有必要也不敢去深究了。

接下来，她要弄清楚活雷锋是谁，因为她觉得这个活雷锋绝不会做了好事不吱声的。但是，要是木头兄和有门等到活雷锋吱声时，恐怕就晚了。

秦小曼用@小慢这个账号，给@盛夏之瑾发了私信。

@小慢：哟喵，跟木头兄交流得很欢实呢！

@盛夏之瑾：小曼姐，谢谢你。

@小慢：别在这气我了，你以为我甘愿退出？我看那块木头喜欢的是你，每次想起来就伤心难过，只能给自己一点点空间。爱一个人就是让他幸福，不是吗？但是我就看不惯你整天折腾他。

@盛夏之瑾：我哪折腾他了，他现在恐怕还是寝食难安，不是因为我。

@小慢：哦？

@盛夏之瑾：这次事件，明显有人在背后帮助他，避免他关门大吉。事情的蹊跷就在这里，我担心这个活雷锋另有企图。

@小慢：哎呀，你们都是阴谋论家。哪有那么多阴谋和企图，我看多半是神牛自己擦屁股，捎带着解救了有门吧。

@盛夏之瑾：姐，你跟神牛朱总相熟，你确认一下，是不是像你猜的这样。

@小慢：行，为了你，也为了木头兄。等我消息。

两天后，秦小曼给夏知瑾回复。

@小慢：真被你猜中了，不是神牛。朱总也很纳闷，是谁在背后这么肯帮忙。

这就奇怪了，夏知瑾隐隐感到一丝不安，她必须尽快搞清楚。

工作室前段时间的风波不论什么原因，总算渐渐平复，邱宸心里稍稍松了一口气。可当他闲下来的时候，对夏知瑾的思念越发浓厚。不知道她现在怎么样了，一点她的消息都没有。

前几天，一个叫@剪刀木头布的账号突然跟他互动很频繁，这引起了他的注意。这个账号他似曾相识，却记不起什么时候在哪里见过。

@剪刀木头布的微博口气很像一个人，没错，是夏知瑾。剪刀木头布，这个名字很奇怪，应该是石头，怎么会是木头呢？难道……

他不敢这么想。

　　他凝视着这个微博，翻阅了对方的关注，@有门微博赫然在这个微博的关注里。他终于记起来了，是的，这个账号很早以前就关注了@有门微博。

　　想通了这点，邱宸有些失望，因为这绝不可能是夏知瑾，更应该是秦小曼。

　　前几天，@剪刀木头布给了他很好的暗示。男人，应该带有进攻性，不能那么谨小慎微，畏首畏尾。

　　他掏出电话，拨通了夏知瑾的号码。

　　夏知瑾和一群孩子在图书馆看书，电话响了。接到木头兄的电话，她心里激动得要死，可还是假装没听见。她说过，要给木头兄一份礼物的，现在礼物还没到手。

　　电话"嘟嘟"的铃声，敲击这两个人的心。

　　邱宸失望地放下电话。她对我一丝情意也没了。想到这点，所有的工作他都感觉意兴阑珊，提不起兴致。这个工作室，现在所有辛苦的工作，都是为了她而做的。

　　正月底，夏知瑾收到了一封邮件。

　　这封邮件来自BEBE人力资源部，附件里有一封BEBE牛总的亲笔信。公司官方邮件，加公司老总的亲笔信，这封邮件显得尤其有分量。

　　信中，牛总言辞恳切，充满了真挚和热情。他盛意邀请夏知瑾加入BEBE，出任公司董事长高级助理。

　　夏知瑾心想，牛总的消息还真快。业内盛传牛总有窥私癖，当然这不是贬义，只是形容他喜欢洞察一切人和事。据说，他甚至知道公司内部员工的各种癖好和各种背景。所以，他得知自己离职的消息，夏知瑾并不意外。

　　夏知瑾很客气地婉拒了牛总的盛情。

　　她从热麦跳出来，就没打算再回电商行业。一方面是她想彻底休整一下，尤其是确认了自己对木头的感情后，她觉得她以后一定是辅助木头做微博营销的；另一方面是，她要避嫌，她不会成为热麦和郭总的对手。

正是这封邮件，让夏知瑾的思路豁然开朗。活雷锋到底是谁，这个困扰她多日的问题一下子得到了答案。

她骂自己笨，这么简单的逻辑关系，自己居然没想通。呵呵，BEBE和牛总绕的圈子太大了，以至于把她和木头甚至更多人包括郭向平都迷惑了。

去年，袁胖子在网络营销论坛上结识了牛总，牛总表现出了与有门合作的兴趣，后来却突然悄无声息。现在，夏知瑾总算打通了其中的每个环节：

当时，牛总确实想跟有门合作，利用邱宸对热麦的了解，制订针对热麦的计划。可是，谨慎的牛总发现，邱宸并不一定会乖乖地配合，做出对热麦不利的有悖道德的事情。于是，牛总暂时中止了与有门尚未开始的合作。

他先是派人用@网购那些事儿，发微博揭露电商内幕，看似没有针对性，其实处处指向热麦。然后，让郭向平怀疑是邱宸的有门工作室在搞鬼，引起热麦和郭向平对邱宸的敌意，从而建立两者的矛盾。

只要邱宸对热麦产生敌意，就会顺理成章地全力配合BEBE对付热麦。

后来，有门与神牛合作，郭向平为了打掉热麦的假想敌，决定先拿下有门。郭向平这么做，当然是为热麦考虑，但也不否认他有打击邱宸的私心，因为他对夏知瑾有好感。

所以，热麦雇佣天方，借着神牛过期牛奶事件，对有门实施了打击。

BEBE牛总觉得这是拉拢邱宸的大好时机，于是暗中帮助有门，摆脱此次危机。

这次事件，在BEBE的暗中帮助、神牛的积极公关和奇异的大V们的各方努力下，终于得到平息。

那么，按照牛总的设计，接下来，BEBE就会跟有门接洽，谈合作的事了。可是，牛总并没有这么做。为什么？

答案只有一个，因为夏知瑾从热麦辞职了。牛总觉得夏知瑾显然比邱宸更有价值，所以他暂缓了与有门接洽的计划。

想到这里，夏知瑾暗叫一声不好。

自己刚刚拒绝了牛总的盛意，这就逼他把目标转向邱宸和有门。如果邱宸不从，恐怕牛总就要给有门工作室点颜色瞧瞧了。

既然牛总肯花这么长时间，绕这么大圈子，如果他得不到他想要的，他一定会有兴趣搞有门的。

她必须马上告诉木头。

夏知瑾拨通了木头的电话。

邱宸看到来电，飞奔出办公室，一口气跑下楼，找了一个僻静的地方，气喘吁吁地接起了电话。

"干嘛呢，这么久才接电话？"

"没……没……"

"木头，我知道活雷锋是谁了，就是BEBE的老牛！你要留意他，他一定会找你麻烦的。"夏知瑾来不及解释，直截了当地告诉了邱宸答案。

"嗯……你……怎么知道？"

"废话，他知道我离职了，就给我发邮件，让我去给他当总助。我没答应，所以他一定会找你。"夏知瑾急切地说。

"你离职了？"这个消息对邱宸来讲，比刚才那件事重要多了，他一下子高兴起来，感觉郭向平一下子从他记忆的灰暗角落里开始慢慢消失了。

就在此刻，邱宸觉得心情振奋。夏知瑾刚才讲话的时候是那么关切他，而且她现在离开了热麦。

"你……我……"邱宸语无伦次了。

"别支吾了，一定要防范这个老牛！"

"你在哪？"

"我在外地。"

"别挂，好吗？我怎么能联系上你？"邱宸急切地问道，他生怕夏知瑾挂了电话。

"你真是块木头，自己想。"夏知瑾有意跟他兜圈子，说完挂了电话。

邱宸回到办公室，连脚步都轻盈了不少，满面春风。一个长久期盼的电话，就如一罐红牛，顿时让他兴奋起来。

他一路上只想着刚才夏知瑾急切地通知自己要注意BEBE的动作，心里高兴得跟什么似的。她这么关心我呢，嘿嘿。得意的他，马上发了一条微博。

@为你而微：今儿真高兴！

@剪刀木头布马上评论了他。

@剪刀木头布：狗肚子里藏不住二两油，得意莫忘形！

邱宸确信，这个账号就是夏知瑾。他明白了，以后要联系她，就发微博。

邱宸兀自高兴了一阵子，这才静下心来，慢慢地想活雷锋的事情。很快，他就想通了一切环节，跟夏知瑾的分析一模一样。没错，活雷锋就是BEBE。来吧，怕了你不成？

邱宸又意气风发了。

办公室里的同事看到邱宸手舞足蹈的，以为这段时间刺激大了。

武圣说："二当家，我叫武圣，您改名叫情圣得了。从前年我进公司，到如今一年多了，您还就认准夏姐了，佩服。不过愚以为，不值……"

武圣刚要搬出"天涯何处无芳草"这句，就被陈家洛打断了。

"行了，行了，你这套理论整个大厦的人都知道了。依我看，二当家的，你苦苦追到手的不一定就真适合你，试着去尝试别的吧，说不定会有意外的收获。"陈家洛说。

方晓婉在一旁咯咯地笑。

邱宸不置可否，只说了一句："你们，不懂。"

说罢，踮着脚尖，轻快地回到了自己座位上。然后，给每个同事发了一条消息：严防BEBE及其微博水军，有任何异常，速报！

邱宸忍不住手痒，在微博上发了一条消息。

@为你而微：天干物燥，小心火烛！

果然，@剪刀木头布很快就回了一条。

@剪刀木头布：防火、防盗、防老牛！

@为你而微：得令！

@剪刀木头布：给你看个好东西。（链接网址）

夏知瑾把那天在ONEX酒吧录的视频，发到了网上，把链接给了邱宸。

邱宸点开，正是自己卷着裤管，光着脚丫，自顾疯狂地唱着的《Everything I Do,I Do It for You》的视频。

@剪刀木头布，果然就是夏知瑾。

@为你而微：那天，你也在场么？

@剪刀木头布：不但在场，为你疯狂！什么时候你唱给我一个人听？

@为你而微：随时随地！

@剪刀木头布：现在！

@为你而微：嗯……好吧。

@剪刀木头布：拉倒吧，现在我也听不到，我要你在一个万众瞩目的场合，唱给我一个人听。

@为你而微：弱水三千，只取一瓢饮。虽千万人，吾往矣！

@剪刀木头布：哼，怕了吧？开饭了，回聊！

这些微博发出来后，沉寂已久的@为你而微又恢复了往日的沸腾。

某博友：成了？

某博友：成了！

某博友：真成了？

某博友：真成了！

某博友：苍天啊，大地啊，我又开始相信爱情了！

某博友：真是旷日持久啊！

某博友：视频里真的是博主吗？好给力啊，我听得快哭了！

某博友：必须要万众瞩目么？世博会已经过了，上哪凑这么多人去？

……

邱宸接了任务，趴在那里冥思苦想。万众瞩目，有难度啊！

夏知瑾此时猫在镇招待所里，身上裹了厚厚的被子，还是觉得冷。不过，她的心是热呼呼的。看着数以千计的热心粉丝纷纷跟帖评论，那么真诚，那么有意思，她忍不住就要嘿嘿地傻笑一会儿。

她当然不是存心要木头兄为难，可是想擒获她，也要动些脑筋才行呢。本姑娘可不是白给的。

邱宸自从接了任务，每天就只想一件事，怎么才能给夏知瑾一个万众瞩目的答案。可是，他想了好几天，也想不出一个既省钱又轰动的策划。这可把他难住了。

夏知瑾和邱宸的粉丝眼瞅着他好几天没动静，反倒皇帝不急太监急起来。众说纷纭，七嘴八舌地出主意，可是无一可取。

夏知瑾有些后悔在微博平台上给木头兄出了一个难题，可是又不好收回。她暗骂自己一时幸灾乐祸，没想到真把木头兄给难住了。

邱宸倒是沉得住气，任凭微博上热闹得像下饺子，他不闻不问，每天就是想着怎么做一个惊世骇俗的方案出来。

他有自己的想法，他一定要把这个方案做到极致。既然自己是做微博推广的，那这个推广就一定要拿出有门的水准来。

袁胖子得知此事，他嘴快，很快就让公司每个同事都知道了。

尤其是有门"三贱客"——武圣、方晓婉和陈家洛，更是热情高涨，帮着邱宸出主意。可是，想来想去，所有的方案都被他一一推翻。

越是这样，所有人越是不肯罢休，不肯凑和，不肯退让半分。

一天中午，武圣照样趁大家都午休的时候玩网游。办公室一片寂静，武圣就像平地雷一样爆出了一句话："靠，《征服》后台又当机了，十分钟内再修不好，我就去刷爆他们的官方论坛！"

这一句话引得所有人对他怒目相向，然后又趴下，奢望着还能继续再睡一会儿。

几分钟后，邱宸一拍桌子，喊了一句："有了！"

这回，所有人都醒了，再也睡不着了。

邱宸站起身，说："来来来，给你们看个东西。"大家都围拢过来，盯着邱宸的电脑屏幕。

屏幕上是北京世贸天阶大屏幕的照片，照片上，微博大屏幕下吸引了大批人群仰头昂首，驻足观看。

众人都知道世贸天阶的天幕，却不知邱宸是何意。

邱宸转身对着武圣，说："谢谢孙子先生提醒了我！我要用微博评论刷爆这条天幕！"

经过三天的准备后，周六晚上8点整。

陈家洛在北京世贸天阶架起了一台摄像机，镜头对准了天幕。

屏幕上，缓缓地出现了一行字：夏知瑾，木头兄稀罕你！

同时，@为你而微开始在微博上同步直播！

紧接着，天幕上出现了更多行字：夏知瑾，木头兄稀罕你！

一个一个的微博账号依次出现在天幕上，占据了长长的250米天幕，蔚为壮观！@为你而微的几万粉丝，马上明白了这就是邱宸为夏知瑾制作的万众瞩目的策划！

他们也参与了进来，不约而同地发布了同一条微博：夏知瑾，木头兄稀罕你！

这句话，齐刷刷地出现在了世贸天街的天幕上。整齐划一。

现场，只有行人的惊讶和赞叹声。但在邱宸的心中，仿佛听到了一个整齐的、犹如山吼的声音：夏知瑾，木头兄稀罕你！

从相识到相斗到别扭到相知到意志满满地喊出那句话，"宅男"的春天，终于来了！

短短半小时，@为你而微的这条微博的评论和转发都已经超过一万条。而天幕上，是一整个屏幕的"夏知瑾，木头兄稀罕你！"。

邱宸给夏知瑾发了一条私信。

@为你而微：我为你做了一个万众瞩目的大场面。

夏知瑾在第一时间就关注到了邱宸的微博直播。他果然做到了，这块木头果然做到了！

此刻，不但微博上万众瞩目，就连世贸天阶的天幕下，经过的每一个人也都停下了脚步，注目观望！

夏知瑾坐在阳台上，看着世贸天阶的直播，仰望陇南湛蓝的夜空，她在手机屏幕上打了一行字：木头兄，我也稀罕你！

然后，点击发送。

@盛夏之瑾：木头兄，我也稀罕你！

超过一万次的评论和转发，此刻终于迎来了那个千呼万唤的女主角。

天阶的天幕上，只剩下两条微博。

一条是@为你而微：夏知瑾，木头兄稀罕你！

一条是@盛夏之瑾：木头兄，我也稀罕你！

驻足在天幕下面的人群情不自禁地爆发出欢呼声！此刻，每个人心里都只有四个字：相信爱情！

邱宸出现在天幕下，他卷着裤管，光着脚丫，一身盛夏装扮！

这可是二月二龙抬头，北京的夜晚温度大概零下7度。

邱宸拿着麦克风，唱起那首Bryan Adams的《Everything I Do, I Do It for You》！

夏知瑾听得热泪盈眶！

邱宸唱得泪流满面！

微博私信。

@盛夏之瑾：傻子！

@为你而微：嗯。

@盛夏之瑾：你不冷么？

@为你而微：冷，脚丫子都冻麻了。

@盛夏之瑾：傻子，死木头，这块天幕租一小时得多少钱啊！

@为你而微：我跟世贸天阶的经理说，免费租给我一个小时的时间，我保证在一个小时内让世贸天阶成为当天最火的微博搜索关键词！

@盛夏之瑾：木头兄，我稀罕你！

@为你而微：我一直稀罕你！

你在哪？

这一个月，我一直在陇南等你来找我！

你想要什么礼物？

给孩子们带些书过来吧。

特别感谢：

@薛蛮子、@天翼哥哥、@杜子建、@王伟的掌中宝、@吴晓波、@互联网信徒王冠雄、@落雪飞飞、汪卫洲、陆建梁、@刘焱、@周小六六、@于丽丽、@张小米饭、陈玺文、金树、凌晗、沈涛、葛新宇、柴鸿、张新。

图书在版编目（CIP）数据

缘来爱情不加V / 战神天罡著. -- 杭州 ：浙江大学
出版社，2013.2

ISBN 978-7-308-10846-1

Ⅰ．①缘… Ⅱ．①战… Ⅲ．①长篇小说－中国－当代
Ⅳ．①I247.5

中国版本图书馆CIP数据核字(2012)第286461号

缘来爱情不加V

战神天罡　著

策 划 者	蓝狮子财经出版中心	
责任编辑	徐　婵	
出版发行	浙江大学出版社	
	（杭州市天目山路148号　　邮政编码　310007）	
	（网址：http://www.zjupress.com）	
排　　版	杭州林智广告有限公司	
印　　刷	浙江印刷集团有限公司	
开　　本	880mm×1230mm　1/32	
印　　张	7.5	
插　　页	6	
字　　数	208千	
版 印 次	2013年2月第1版　2013年2月第1次印刷	
书　　号	ISBN 978-7-308-10846-1	
定　　价	28.00 元	
